人猿泰山全译精编插画系列（全25种）

人猿泰山
之
难兄难弟

［美国］埃德加·赖斯·巴勒斯/著
李婷婷/译

The Tarzan Twins
by Edgar Rice Burroughs

图书在版编目（CIP）数据

人猿泰山之难兄难弟 /（美）埃德加·赖斯·巴勒斯
著；李婷婷译. -- 上海：上海文艺出版社，2018
（人猿泰山全译精编插画系列）
ISBN 978-7-5321-6730-2

Ⅰ．①人… Ⅱ．①埃… ②李… Ⅲ．①长篇小说－美
国－现代 Ⅳ．① I712.45

中国版本图书馆 CIP 数据核字(2018)第 106453 号

书　　名：人猿泰山之难兄难弟
著　　者：[美国] 埃德加·赖斯·巴勒斯
译　　者：李婷婷
责任编辑：蔡美凤
装帧设计：周　睿
责任督印：张　凯

出　　版：上海文艺出版社
出　　品：上海故事会文化传媒有限公司
　　　　　（200020　上海市绍兴路74号　www.storychina.cn）
发　　行：上海文艺出版社发行中心
　　　　　（上海市绍兴路50号）
印　　刷：上海中华印刷有限公司
开　　本：889毫米×1194毫米　1/32　印张5.375
版　　次：2018年7月第1版　2018年7月第1次印刷
ＩＳＢＮ：978-7-5321-6730-2/Ｉ·5373
定　　价：20.00元

版权所有·不准翻印

上海故事会文化传媒有限公司 出品 (00788) www.storychina.cn

上海故事会文化传媒有限公司所有图书可办理邮购，免收邮费(挂号除外)
汇款地址：上海市绍兴路74号(200020)；　收款人：上海故事会文化出版发行部
联系电话：021-64338113
如发现本书有质量问题，请与印刷厂质量科联系 T:021-60829062

人猿泰山全译精编插画系列（全25种）
编 委 会

总 策 划：夏一鸣

主　　编：黄禄善

副 主 编：高　健

编辑成员

（按姓氏笔画为序排列）

田　芳　朱崟滢　李震宇　张雅君

胡　捷　高　健　夏一鸣　黄禄善　詹明瑜　蔡美凤

百年文学经典　文化传播之最
人猿泰山驰骋的奇幻世界

黄禄善

　　美国文学史上不乏这样的作家：他们生前得不到学术界承认，死后多年也不为批评家看好，然而他们却写出了最受欢迎的作品，享有最大范围的读者。本书作者埃德加·赖斯·巴勒斯即是这样一位作家。自1912年至1950年，他一共出版了一百多本书，这些书涉及多个通俗小说门类，而且十分畅销，其中不少被译成多种文字，在世界各地广为流传。当代科幻小说大师亚瑟·克拉克曾如此表达对他的敬仰："埃德加·赖斯·巴勒斯具有重要地位。是巴勒斯，激起了我的创作兴趣。"另一位著名通俗小说家雷·布莱德伯利也说："埃德加·赖斯·巴勒斯也许可以称为世界历史上最有影响力的作家。"然而，正是这个被众人交口称誉的作家，对前来采访的记者说："我不认为我的作品是'文学'。"而且，面对众多书迷的"如何走上文学道路"的提问，他也只是轻描淡写地回答："那是因为我需要钱。我35岁时，生活中的一切尝试都宣告失败，只好开始搞创作。"

　　确实，埃德加·赖斯·巴勒斯在从事文学创作前，有过一段十分坎坷的生活经历。他于1875年9月1日出生在美国芝加哥，父亲是南北战争期间入伍的老兵，后退役经商。儿时的巴勒斯对未来充满了幻想，曾对人夸口说父亲是中国皇帝的军事顾问，自己住在北京紫禁城，并在那里一直待到10岁才回国。但是，后来的事实表明，这一良好愿望只不过是一团泡影。从密歇根军事学院毕业后，他在美国骑兵部队服役，不久即为谋生四处奔波。他先后尝试了许多工作，包括警察和推销商，但均不成功。1900年，他和青梅竹马的女友结婚，之后两人育有两儿一女。接下来的日子，埃德加·赖斯·巴勒斯是在贫困中度过的。为了养家糊口,他开始替通俗小说杂志撰稿。他的第一部小说《在火星的卫星下》于1912年分六集在《故事大观》连载。这部小说即刻获得了成功,为他赢得了初步的声誉。同年,他又在《故事大观》推出了第二部小说,亦即首部"泰山"小说。这部小说获得了更大成功。从此,他名声大振,稿约不断,平均每年出版数部书。第二次世界大战期间,他以66岁的高龄奔赴南太平洋,当了战地记者。1950年3月19日,埃德加·赖斯·巴勒斯因心力衰竭在美国逝世。

埃德加·赖斯·巴勒斯是美国文学史上第一个重要的通俗小说家。他一生所创作的通俗小说主要有四大系列。第一个是"火星系列",包括《火星公主》《火星众神》和《火星军魁》。该"三部曲"主要讲述一位能超越死亡界限、神秘莫测的地球人约翰·卡特在火星上的种种冒险经历。第二个系列为"佩鲁塞塔历险记",共有七部。开首是《在地心里》,以后各部依次是《佩鲁塞塔》《佩鲁塞塔的塔纳》《泰山在地心里》《返回石器时代》《恐惧之地》《野蛮的佩鲁塞塔》,主要讲述主人公佩鲁塞塔在钻探地下矿藏时,不小心将地壳钻穿,并惊讶地发现地球核心像一个空心葫芦,那里住着许多原始人,还有许多古生动物和植物。1932年,《宝库》杂志开始连载埃德加·赖斯·巴勒斯的第三个系列,也即"金星系列"的首部小说《金星上的海盗》。该小说由"火星系列"衍生而出,但情节编排完全不同。主人公卡森·内皮尔生在印度,由一位年迈的神秘主义者抚养成人,并被教给各种魔法,由此开始了金星上的冒险经历。该系列的其余三部小说是《金星上的迷失》《金星上的卡森》和《金星上的逃脱》。第五部已经动笔,但因"二战"爆发而搁浅。

尽管埃德加·赖斯·巴勒斯的"火星系列""佩鲁塞塔历险记"和"金星系列"奠定了他的美国早期重要通俗小说作家的地位,但他成就最大、影响也最大的是第四个系列,也即"人猿泰山系列"。该系列始于1912年的《传奇诞生》，终于1947年的《落难军团》，外加去世后出版的《不速之客》，以及根据遗稿整理的《黄金迷城》，总共有25种之多。中心人物泰山是一个英国贵族后裔，幼年失去双亲，由母猿卡拉抚养长大。少年泰山不仅学会了在西非原始森林的生存本领，还具有人类特有的聪慧。凭着这一人类特性，他懂得利用工具猎取食物，并从生父遗留下来的看图识字课本上认识了不少英文词汇。随着时光流逝，他邂逅美国探险家的女儿简·波特，于是生活发生急剧变化，平添了无数波折。接下来的《英雄归来》《孤岛求生》等续集中，泰山已与简·波特结合，生了一个儿子，并依靠猿人和大象的帮助，成了林中之王，又通过一个非洲巫师的秘方，获取了长生不老之术。再后来，在《绝地反击》《智斗恐龙》《大战狮人》《神秘豹人》等续集中，这位英雄开始了种种令人惊叹的冒险，足迹遍及整个西非原始森林、湮没的大陆。

　　从小说类型看，"人猿泰山系列"当属奇幻小说。西方最早的奇幻小说为英雄奇幻小说，这类小说发端于古希腊荷马史诗《伊利亚特》和《奥德赛》，成形于19世纪末英国小说家威廉·莫里斯的《世界那边的森林》，其主要模式是表现单个或群体男性主人公在奇幻世界的冒险经历。他们多为传奇式人物，有的出身卑微，必须经过一番奋斗才能赢得下属的尊敬；有的是落难王子，必须经过一番曲折才能恢复原有的地位。在冒险中，他们往往会遭遇各种超自然邪恶势力，但经过激烈较量，正义战胜邪恶，一切以美好告终。人猿泰山显然属于"落难王子"型主人公。他本属英国贵族后裔，却无端降生在无名孤岛，并险些丧命。在人迹罕至的西非原始森林，他与野兽为伍，经历了难以想象的生存危机。终于，他一天天长大，先后战胜大猩猩和狮子，又打死猿王哥查，并最终成为身强力壮、智慧超群的丛林之王。值得注意的是，埃德加·赖斯·巴勒斯在描写人猿泰山的这些经历时，并没有简单地套用英雄奇幻小说的模式，而是融入了自己的创造。一方面，他删去了"魔法""仙女""精灵"等超自然因素；另一方面，又增加了较多的现实主义成分。人们在阅读故事时，并不觉得是在虚无缥缈的奇幻天地漫步，而是仿佛置身栩栩如生的现实主义世界。正因为如此，"人猿泰山系列"比一般的纯英雄奇幻小说显得更生动、更令人震撼。

毋庸置疑，人猿泰山驰骋的奇幻世界是"人猿泰山系列"的又一大亮点。在构筑这一虚拟背景时，埃德加·赖斯·巴勒斯显然借鉴了亨利·哈格德的创作手法。亨利·哈格德是19世纪英国著名小说家，自80年代中期起，他根据自己在非洲的探险经历，创作了一系列以"遗忘的年代、湮没的城市"为特征的奇幻作品。譬如《所罗门王的宝藏》，述说一个名叫阿兰的猎手在两千多年前的奇幻王国觅宝，几经曲折，终遂心愿。又如《她》，主人公是非洲一个奇幻原始部落的女统治者，她精通巫术，具有铁的统治手腕，但对爱情的执着酿成了她一生最大的悲剧。"人猿泰山系列"的故事场景设置在人迹罕至的原始森林，在那里，虎啸猿鸣，弱肉强食，险象环生。正是在这一极端恶劣的环境中，泰山进行了种种惊心动魄的冒险。在后来的续篇中，埃德加·赖斯·巴勒斯还让泰山的足迹走出西非原始森林，到了传说中的亚特兰蒂斯、废弃的亚马逊古城，甚至神秘的太平洋玛雅群岛。所有这些埃德加·赖斯·巴勒斯笔下的荒岛僻壤，与《所罗门王的宝藏》《她》中"遗忘的年代，湮没的城市"如出一辙。

如果说，亨利·哈格德的"遗忘的年代，湮没的城市"给"人猿泰山系列"提供了诡奇的故事场景，那么给这个场景输血补液的则是西方脍炙人口的动物小说。据埃德加·赖斯·巴勒斯的传记，儿时的他曾因体弱多病辍学，并由此阅读了大量西方文学著作，尤其是鲁德亚德·吉卜林的《丛林故事》、欧内斯特·西顿的《野生动物集》、杰克·伦敦的《野性的呼唤》。这些小说集动物故事、探险故事、寓言故事、爱情故事、神秘故事于一体,给埃德加·赖斯·巴勒斯以深刻印象。事实上,他在出道之前,为了给自己的侄儿、侄女逗乐,还写了一些类似的童话故事,其中一篇还在《黑马连环漫画》上刊登。西方动物小说所表现的是达尔文和斯宾塞的"物竞天择""适者生存",体现了自然主义创作观。以杰克·伦敦的《野性的呼唤》为例,主要角色布克原是法官的看家狗,过着养尊处优的生活。但有一天,它被盗卖,并辗转来到冰天雪地的阿拉斯加,当起了运输工具。在那里,布克感到自然法则无处不在:狗像狼一般争斗,死亡者立刻被同类吃掉。但它很快学会了生存,原始的野性和狡诈开始显现,并咬死了凶残的领头狗,最终为主人复仇,加入了荒野的狼群。"人猿泰山系列"尽管将"弱肉强食"的雪橇狗变换成了虎、狮、猿以及由猿抚养长大的泰山,但这些人猿、半人半兽之间的殊死争斗同样表现出"生存斗争"的残忍。特别是泰山攀山越岭、腾掠树梢,战胜对手后仰天发出的一声长啸,同杰克·伦敦笔下布克回到河边纪念它的恩主被射杀时的长嚎简直有异曲同工之妙。

鉴于"人猿泰山系列"成书之前曾在《故事大观》《宝库》等杂志连载,不可避免地带有杂志文学的某些缺陷,如情节雷同、形象单调,等等。历来的文论家正是根据这些否定"人猿泰山"的文学价值,否定埃德加·赖斯·巴勒斯的文学地位。但"二战"以后,尤其是20世纪70年代之后,随着西方通俗文化热的兴起,学术界对于"泰山"小说的看法有了转变,许多研究者都给予积极评价,肯定埃德加·赖斯·巴勒斯的美国奇幻小说鼻祖地位。而且,"读者接受"是评价一部作品的最佳试金石。"人猿泰山系列"刚一问世,即征服了美国无数读者,不久又迅速跨出国界,流向英国、加拿大和整个西方。尤其在芬兰,读者简直到了如痴如醉的地步。一本本英文原著被译成芬兰语,一版再版,很快取代其他本土小说,成为最佳畅销书。更有甚者,许多西方作家,包括芬兰、阿根廷、以色列以及部分阿拉伯国家的作家,在埃德加·赖斯·巴勒斯去世后，模拟他的套路，创作起了这样那样的"后泰山小说"。世纪之交，埃德加·赖斯·巴勒斯的"人猿泰山系列"再度在西方发酵，以劳雷尔·汉密尔顿、尼尔·盖曼、乔·凯·罗琳为代表的一大批作家，基于他的"泰山"小说模式，并结合其他通俗小说要素，推出了许多新时代的奇幻小说——城市奇幻小说，并创造了这类小说连续数年高踞《纽约时报》畅销书排行榜的奇观。而且，自1918年起，"泰山"小说即被搬上银幕。以后随着续集的不断问世，每年都有新的"泰山"影片上映和电视剧播放，所改编的影视版本之多，持续时间之长，观众场面之火爆，创西方影视传播界之"最"。2016年，华纳兄弟影业又推出了由大卫·叶茨导演、亚历山大·斯卡斯加德等众多知名演员加盟的真人3D版好莱坞大片《泰山归来：险战丛林》。21世纪头十年，伴随迪士尼同名舞台剧和故事软件的开发，"泰山"游戏又迅速占领电脑虚拟世界，成为风靡全球的少年儿童宠爱对象。此外，西方各国还有形形色色的"泰山"广播剧、"泰山"动漫、"泰山"玩偶，等等。总之，今天的"泰山"早已超出了一个普通小说人物概念，成了西方社会的一种文化符号、一种文化象征。

优秀的文化遗产是不分国界的。为了帮助中国广大读者欣赏埃德加·赖斯·巴勒斯、读懂埃德加·赖斯·巴勒斯，了解当今风靡整个西方的奇幻小说的先驱，上海故事会文化传媒有限公司组织翻译了这套"人猿泰山系列"，这也将是国内第一套完整的"人猿泰山系列"。译者多为沪上高校翻译专业教师，翻译时力求原汁原味、文字流畅，与此同时，予以精编、插画。相信他们的努力会得到认可。

目　录

| 前言 | 人猿泰山驰骋的奇幻世界 | 1 |

上部

1	序曲	003
2	误入密林	006
3	狮口脱险	013
4	自投罗网	021
5	食人部落	026
6	密室囚徒	032
7	神奇药丸	037
8	巫医多克	043
9	出逃计划	049
10	泰山登场	056
11	逃出生天	058
12	胜利会师	063

下部

1	重返丛林	071
2	狂风暴雨	077
3	太阳崇拜	085
4	危险在前	092
5	展开营救	099
6	绝妙计划	108
7	千钧一发	114
8	三人同行	122
9	十面埋伏	129
10	绝地求生	135
11	战胜恐惧	142
12	祭坛之上	148
13	尾声	155

人物介绍

泰山：本系列的核心人物，丛林的主宰。

迪克："泰山双胞胎"之一，浓密黑发，性格沉稳，很有正义感。

多克："泰山双胞胎"之一，金色头发，性格外向，头脑灵活，点子很多。

祖品格：食人族巴嘎拉族武士，勇武狡黠。

尤克铎：黑人侏儒，忠诚机敏，深谙丛林存活技巧。

布拉拉：美国西海岸黑人，愚昧无知，但忠诚可靠。

嘎啦嘎啦：食人族巴嘎拉族老酋长，野蛮贪婪。

帕布：食人族巴嘎拉族村民，莽撞无知的大男孩。

尹塔莫：食人族巴嘎拉族巫医，野蛮邪恶。

姆卫：瓦兹瑞勇士。

盖伦姆：太阳崇拜者大祭司，疯狂邪恶，野蛮残忍。

贝尔克：太阳崇拜者小祭司，卑微冷漠。

格蕾琴：被太阳崇拜者俘获的白人女孩，美丽善良，熟悉丛林生活。

乌鲁普：太阳崇拜者小祭司，丑陋无知，诡计多端。

卡尔·冯·哈本：来自尤拉宾国的传教士，和平人士，格蕾琴的父亲。

上部

Chapter 1

序曲

像所有中规中矩的双胞胎一样,"泰山双胞胎"于同一天出生。虽然不能说是一模一样,他们彼此仍然非常相像。这种相似程度足以满足对孪生关系的任何特殊要求。即便如此,他们的出生还是打破了过去几百万年里对双胞胎的定义。因为迪克长了一头浓密的漆黑头发,多克却长着一头如糖果般亮丽的金发。无论是鼻子,还是蓝色的眼睛,甚至他们的下巴和嘴巴都几乎一模一样。多克的眼睛闪闪发亮,喜欢开怀大笑;而迪克却更愿意在内心表达这些。实际上,两个男孩的内在也很相似。但是从某个方面来说,他们从一出生就不能满足世人对双胞胎的所有定义。因为迪克出生于英国,多克却出生于美国。这个事实使得故事从一开始就脱离了轨道,也毫无疑问地证明了他们两个根本不是双胞胎。

那么他们为什么看起来如此相像,每个人都叫他们"泰山双胞胎"呢?这个问题堪比一个难解之谜,都能让人来场竞猜比赛了。

但是没有人能猜到正确答案,尽管答案是如此简单:迪克和多克的母亲是姐妹,而且还是孪生姐妹。两位母亲长相酷似,简直可以说是一个模子里面刻出来的。两个男孩各自长得像自己的妈妈,所以他们两个长得就很像。他们的母亲是美国人。多克的母亲嫁给了美国人,居住在本国;迪克的母亲则嫁给了英国人,远渡重洋,生活在另一个半球。当这两个男孩到了上学年纪时,他们的父母产生了一个极好的念头——那就是这两个男孩可以接受一半美式教育,一半英式教育。这个故事将会证明,就算父母为孩子做了最好的打算,有时还是会发生意外,因为没有人打算让两个孩子接受任何非洲教育。然而事实上,命运却把他们安排到了非洲大陆那片茂密漆黑的热带丛林中。在那里,他们学得更多,并且学到了任何课本上都学不到的东西。

十四岁的时候,迪克和多克上了一所远近闻名的英文学校。那所学校培育着许多未来的公爵、伯爵、大主教和市长大人。这些人看到迪克和多克长得如此相像,就叫他们"双胞胎"。后来,这些男孩们知道了迪克的父亲是格雷斯托克勋爵的远房亲戚,而这位勋爵就是举世闻名的人猿泰山,于是就开始叫他们两个"泰山双胞胎"。他们得到了这个昵称,并且自此一直陪伴着他们。

因为所有人都知道,在人猿的语言中,泰意味着白色,刚意味着黑色。所以长着亮丽金发的多克就被称为泰山泰,而长着浓黑头发的迪克就被叫作泰山刚。对泰山双胞胎来说,朋友们分别这样称呼他们没什么问题,直到另一群男孩拿他们取乐,就因为他们两个爬树并不比其他男孩快,并且在体育运动上也表现得很一般,毫无过人之处。从那时起,迪克和多克就决定他们不能对不起自己的新名字,因为他们一点也不喜欢被嘲笑,也不想再被其他男孩拿来取乐。如果他们决心去做一件事,结果总是能让人震惊。因此，没过多久，迪克和多克在几乎所有的体育运动上都脱颖而出。他们爬树快速灵活，泰山自己都没理由为他们感到羞愧。尽管他们的学习排名可能会因为几个月运动上的努力而受到影响，但是他们的肌肉不会。快到放假的时候，迪克和多克的身体练得如铁打的一般，他们也像两只玛努一样活泼好动。要是你的学业没有被耽误的话，你会知道人猿词汇玛努指的就是猴子。

  后来，迪克从他妈妈的来信中得知一个大惊喜。人猿泰山邀请他们两家去拜访他，并在他的非洲家里住上两个月！两个男孩特别激动，他们一直聊到第二天凌晨三点，结果导致当天所有课程的考试都不及格。之后他们得知，迪克的父亲不能去，因为他是一名军官，没有获准休假，迪克的妈妈因此也不愿去。这让人有些失望。信和电报在英国和美国、英国和非洲之间来回穿梭，两个男孩向父母们发出抓狂的呼声，而这些呼声却在他们得知结果时变得有滋有味——父母们同意他们自己去。人猿泰山也承诺，自己会与五十个瓦兹瑞战士一起在那边的火车站接他们。这样就可以确保他们从泰山遥远的家乡，安全地到达野蛮的非洲。而我们的故事，就从这里开始。

Chapter 2

误入密林

　　一辆火车缓缓穿过崎岖蜿蜒的群山。整个山坡,都是苍翠欲滴的浓绿。火车继而又横跨一片连绵起伏的草原。无边无际的草原上,到处是绿油油的牧草,点缀着一棵棵大树。透过火车的窗户,两位兴奋不已的男孩充满期待地向外张望。他们有太多想看的东西不想错过。

　　"我想知道动物们都去哪里了。自从火车启动以后,我什么东西也没有看到,该死的。"迪克百无聊赖地说。

　　"非洲就像是一座设备简陋的马戏团。"多克答道,"他们在广告里吹嘘自己拥有数量最多的野生动物。但是当你到那里就会发现,他们的全部就是一只肮脏的狮子和几头衰老的大象。"

　　"天哪!你难道不想看真正的狮子、大象或者其他什么动物吗?"迪克叹息着说。

　　"看!看!"多克突然大喊起来,"那里!那里!看到了吗?"

在远处，一群跳羚优雅而敏捷地穿过草原。这些优美的小动物偶尔往上一跃，高高跳向空中。当动物们消失无踪后，男孩们又回到之前的状态，静静地等待观察着。

"我多么希望那是狮子。"迪克说。

火车慢慢驶离了这片空旷的草原，进入了一片幽暗神秘的森林。挂满藤蔓的高大树木，沿着铁路从一团团枝蔓缠绕的灌木丛里拔地而起。密密匝匝的树木如同一道密不透风的围墙，将森林内的一切都掩藏其中。这种神秘无疑激发了人们天马行空的想象力，仿佛可以勾勒出各种野蛮动物在森林中悄无声息地跟在火车后面行走的画面。这里没有任何生命的迹象，整个森林如同一潭死水。随着时间一点点流逝，这种千篇一律的单调画面让男孩们备受煎熬。

"唉，我已经厌倦看这些树了。我打算来练习一下自己的魔术技巧。看这个，迪克。"多克说。

他从口袋里掏出一枚银币，放在展开的手掌上。"女士们，先生们，"他慷慨激昂地说，"这是一枚普通的银先令，价值十二便士。请移步过来检查一下，你可以摸一摸，也可以咬一咬。这绝对是货真价实的银币。你也注意到了，我没有任何帮手。现在，女士们，先生们，仔细地看着我！"

他把另一只手放在硬币上面，遮住硬币，接下来两手紧扣，用嘴巴一吹，然后把双手置于头顶之上。

"听我咒语！阿洛、普雷斯托，耳朵变，消失！现在你能看到它，现在你看不到它了。"他打开自己的手，将手掌朝上。硬币已经不见了。

"万岁！"迪克大喊起来，用力鼓掌。这些动作已经做过上百次了，因为迪克总是他的观众。

多克深深弯下腰，伸出手，从迪克耳朵里拿出了硬币，或者看起来是这样的。接下来，他一只手紧紧握拳，把一支铅笔头插入了大拇指和食指的缝隙，不停往下推，直到看不见为止。"听我咒语！阿洛、普雷斯托，耳朵变，消失！现在你能看到它，现在你看不到它了。"多克打开手掌，铅笔不见了。

"万岁！"迪克再次大喊起来，用力鼓掌。两个男孩大声笑了起来。

此后的一小时里，多克练习了自己掌握的一些戏法。迪克假装是一个热情的观众，因为此刻任何事情都比看着窗外无边无际的寂静树林有趣。

突然，这种单调沉闷被毫无征兆地打破了。火车的刹车发出了刺耳巨响，令人触目惊心的事情发生了。载着两个男孩的火车车厢仿佛要飞到空中，倾斜着、晃动着、碰撞着，两人都被重重地摔到了地上。大家都以为火车要翻车了。就在此时，火车突然停了下来，仿佛已经冲进了那片高大寂静的树林里。

两个男孩挣扎着站了起来，向窗外望去，然后飞快地跑出了车厢。当他们到达火车外的地面时，发现情绪激动的乘客们正从火车里鱼贯而出，激动地问着各种问题，乱成一团。很快多克和迪克就了解到，火车遇到了有故障的铁轨，已经脱离了轨道，至少要等几个小时才能继续旅程。有一段时间，他们和其他乘客一起百无聊赖地看着脱轨的火车。但是很快，他们的注意力就被丛林吸引过去了。他们发现，安静地站在地面上看丛林的景色，与透过火车窗户看到的居然截然不同。现在的景色看上去更加生动有趣，更加神秘莫测。

"我想知道森林里面是什么样子的。"迪克提议。

"看起来令人毛骨悚然。"多克说。

"我想进去看看。"迪克却说。

"我也想去。"多克附和道。

"这里没有任何危险——自从我们踏入非洲以来,连个能够伤害跳蚤的东西也没有见到过。"

"并且我们也不会走得太远。"

"走吧。"迪克催促道。

"喂,那里!你们两个男孩要去哪里?"突然响起了一个男人的声音。

他们转头看到了一个恰好路过的火车守卫。

"哪里也不去。"多克回答。

"嗯,无论你们做什么,都不要进入丛林里。"这个男人一边警告他们,一边向火车头走去,"你们转眼间就会迷路的。"

"迷路!他一定认为我们是一对笨蛋。"迪克奚落道。

既然有人告诉他们一定不能去丛林,他们反而想要走得更远。很多人站在火车的这一侧,毫无疑问还会有其他人阻止他们。他们必须趁着火车工作人员和乘客们不注意的时候,溜进丛林。

他们慢慢闲逛到火车后部,然后绕到了另一面,此处空无一人。在他们的正前方,盘根错节的植物当中恰好有一个丛林入口。其他通往这个神秘蛮荒之地的道路,似乎都被高大密集的树木封住了。迪克快速地把火车上上下下扫视了一遍,没有看到任何人。

"快点。我们去悄悄看一眼。"他说。

此处距离入口只有几步之遥。这是一条狭窄的小径,走了几步之后,就突然右转。男孩们停了下来,往后看去。铁路、火车、乘客都完全从视野中消失了,仿佛他们已经走了好几公里一样,不过火车发出的"嗡嗡"声依然清晰入耳。继续前行,这条小路又转向了左边。他们发现一个拐弯之后,紧接着又是另一个。这条小路蜿蜒曲折，在参天大树之间不停地迂回着，绵延着。这片森林寂静无声，幽暗深沉。

"或许我们最好不要走太远。"多克提议。

"我们应该再走远一点。"迪克催促道，"我们随时可以转身，沿着这条路回到火车那里。或许我们可以找到一个土著人的村庄呢。天哪，这难道不是很棒吗？"

"如果他们是食人族呢？"

"呸！现在早就没有食人族了。你害怕了吗？"

"我？我当然不害怕了。"多克勇敢地说，"那好吧，我们继续前进。"迪克在前面带路，沿着这条小路逐渐进入了阴沉压抑的丛林深处。刚好一只羽毛亮丽的小鸟在他们头顶飞过，算是他们丛林之行的前奏。森林看上去如此静谧，人迹罕至。过了一会儿，小路将他们引到了一条宽阔平坦的路。"这条路还算不错。在那条小路上，我几乎不敢喘气。"

"看！"迪克低声耳语，指向远处。

多克随声看去。在附近的一棵树上，一只小猴子正严肃打量着他们，之后开始"吱吱"作响。片刻之后，第二只猴子加入进来，然后是第三只。一旦男孩靠近，猴子就会一边斥骂着，一边颤抖着撤退回去。这些小家伙机灵可爱，迪克和多克尽力去靠近它们。最后，越来越多的猴子在树枝之间跳来跳去，兴奋地"吱吱喳喳"叫着。

"如果我们的表兄人猿泰山在这里，他就会知道猴子在说什么。"迪克说。

"让他来教我们吧。"多克提议道，"像他一样和动物聊天，难道不是非常有趣吗？天哪！我多么希望这些小家伙可以让我们再靠近一些。"

男孩们一步一步前进着，他们的注意力完全被小猴子的滑稽样子给吸引过去了。如同自己的祖先曾经世世代代生活得那样，上百只活生生的猴子在丛林中过着自由的生活。相比之下，他们在动物园看过的那些小猴子是多么温顺、多么无趣、多么可怜啊。这种有趣的经历已经让男孩们忘记了时间和距离，忘记了火车和乘客，忘记了整个世界的存在。男孩们穿过了好几条小路之后，最终走向了一条大路。他们的注意力完全被新朋友吸引了，所以根本没有注意到路况。他们也没有注意到身后大路的分岔是往左边去的，而他们盯着的猴子却是在右边。

他们离火车或许并没有多远。男孩们开始没有考虑到这一点，因为他们的脑子里装着一些比火车更有趣的东西。当他们一边沿着宽阔的兽道前进，一边嘲笑猴子的滑稽之处，尽力和猴子做朋友时，一个平静微弱的声音悄悄地进入了迪克的耳朵。那是一样总是让人扫兴的东西——良心。那句话说的是："最好返回火车！最好返回火车！"迪克扫了一眼自己的手表。

"天哪！"他惊呼一声，"看看现在几点了？我们最好回去了。"

多克也看了一下自己的手表。"天哪！"他喊道，"我们是应该回去了，现在已经是晚饭时间了。你觉得我们走了多远？"

"应该不是很远。"迪克回答，语气却不是很确定。

"我打赌晚上待在这里会很棒。"多克喊道。与此同时，丛林深处传来一声令人毛骨悚然的声音，打破了森林的平静。这声音开始像咳嗽声，逐渐变得响亮起来，最后变成了一种让整个大地都在颤抖的可怕咆哮声。如同变魔术一样，小猴子们立刻消失了。一种比那个可怕声音更令人不寒而栗的寂静笼罩了黑暗阴沉的森林。男孩们本能地靠在一起，充满恐惧地向可怕声音发出的方向望去。他们的确是非常勇敢的男孩——即使勇敢的成年男子在面对打破平静非洲之夜的巨响时,也会浑身颤抖。

　　抱着一丝幻想,他们转身向来的方向逃去,尽量远离那位发出轰隆巨响的主人。

　　一路飞奔,他们来到了刚刚那个未曾留意过的分岔路口。此刻,他们充满困惑,犹豫不决该选择哪个方向。但是他们毕竟是小孩,片刻之后,就自信满满地确定了方向,然后沿着错误的道路飞奔而去。

Chapter 3

狮口脱险

狮子努玛在原始森林里四处游逛,伺机寻找猎物。它刚刚享用了两天前捕获的猎物,所以还算不上饥肠辘辘。然而在丛林中漫步几个小时,在饥饿感再次来临之前,扑倒一个新猎物也没有什么坏处。沿着熟悉的兽道雄赳赳地行走时,狮子努玛并未试图掩盖自己的行迹。自己不是万兽之王吗?有谁敢质疑自己的至高权力?有谁需要自己忌惮?

这些想法在狮子努玛的脑海里不断闪现,忽然从隧道似的兽道上方飘来一种气味,努玛立刻停了下来。这种气味激起了久藏在努玛心中的愤怒——这是人类的气味!

之所以愤怒,或许部分归因于这种气味让狮子努玛略感恐惧——王者当然不可能承认自己的恐惧。但是这气味有一些奇怪,有一些和自己注意到的类人猿气味有所不同的东西。

这种气味有别于黑人的味道,就如同黑人不同于类人猿的气味一样。狮子努玛非常确信这种气味不是来自类人猿、黑人、黑猿，也不是猩猩——后者的气味是从下风口飘散过来的。有一点是狮子努玛非常确定的，这是一种来自人类的气味。所以努玛开始小心翼翼地继续沿着兽道行走，脚下肥大的肉垫不发出一丝丝声音。

在刚刚愤怒之时，狮子努玛咆哮着向猎物发出了挑战。现在，它开始默不作声了。当来到男孩们转身返回的那个地点后，努玛停了下来，嗅了嗅空气中的气味，尾巴紧张地摇摆着。然后它低着头，警戒地沿着他们所去的道路奔去，每一根神经都充满了警惕。

狮子努玛紧紧追随着猎物的气味。它雄壮的肌肉在黄褐色皮毛下灵活地抖动着，簇状的尾巴低垂在地面上，黑色的鬃毛在微风中一起一伏。

对于长距离的越野赛，迪克和多克并不陌生。但是他们参加的大多数比赛都可谓是纸上谈兵，现在有机会在空气清新的户外锻炼自己的肌肉和肺活量，他们兴致高昂。虽然已经跑了很长距离，他们既不感到筋疲力尽，也没有气喘吁吁。

然而，他们逐渐放慢速度，开始走了起来。因为他们在为同一个疑惑而烦恼，多克首先说出了自己的疑问。

"我不认为我们已经离开了这么远。"他说，"你觉得我们是不是错过了通向火车站的那条小路，却没有察觉呢？"

"我不知道。"迪克回答，"但是可以肯定的是，我们折返的路已经远远超过进入的路。不过，你也说了，在这里过夜会很有趣。"他补充道。

"嗯，确实是。"多克坚持着，"但是如果火车离开了，把我们永远留在此地，那就不太好了。如果我们不能尽快地赶回去，这就极有可能发生了。让我们再往前走一点点，如果还是找不到路，我们就转回来，尽量找到小路的另一个分岔口。"

"你觉得这是什么发出的噪音？"他们一边走着，一边焦急地盯着浓密的丛林，希望可以找到通向火车站的那个入口。平生第一次，两人都没有谈及令他们惶恐不安的原因，或许是因为两人忙于奔跑，还有部分原因是他们对自己轻率离队有些羞愧。

"听起来像狮子。"多克说。

"我也是这么想的。"迪克回应。

"你为什么不等着看看呢？"他的表弟提议，"今天早晨在火车上，你说自己想看一下真正的狮子。"

"我没有看到你停下来。"迪克反击道，"我猜你可能有些害怕，是吧。我这辈子从未看到有人跑得如此神速。"

"我不得不跟上你。"多克回答，"无论如何，我没有错过狮子。谁想要看一头衰老的狮子呢？"

"我猜你不想，胆小鬼。"

"什么胆小鬼。"多克回答，"我根本不害怕任何老狮子。你要做的就是用自己的眼睛看着它，然后——"

"然后什么？"

"它就会把尾巴夹在两腿之间，乖乖投降。"

"一把雨伞是吓唬狮子的绝好工具。"迪克提议。

"看那块大石头。"多克高呼，指向一块爬满藤蔓、凸出地面的岩石。通往前方的小路在这块岩石周围不见了。

"我们进来的时候，没有遇到这样的石头。"

"确实没有。"迪克承认，"这意味着我们确实走错路了。我们转回去，回到另一个岔口那里。"

他们不约而同地转身，追溯自己的足迹。在他们面前，这条路笔直通向前方，大约有几百码长。在路的尽头，一头硕大的黑鬃狮子赫然映入眼帘。迪克和多克吓得呆若木鸡，一动不动地站

在小路上。那头狮子也停了下来，上上下下打量着他们。虽然只有短短几秒钟，但是对他们而言，仿佛已经在那里站了一个世纪之久。狮子张开了自己的血盆大口，咆哮着向他们扑了过来。这声巨响，是他们有生以来听过的最令人毛骨悚然的声音。

"快点！爬树！"迪克低声喊道，生怕狮子听到他的声音。

男孩们向最近的树上跳去，狮子努玛也一路飞奔而来。就在此时，多克的脚被树根绊倒，一头摔倒在地上。

狮子步步逼近，迪克转过身来抓住多克，帮他站了起来。

转瞬间，狮子以闪电般的速度发起了攻击。道路旁有一棵参天大树，男孩们敏捷地攀上低垂的树枝。努玛发出了愤怒的嚎叫，朝空中猛扑，可惜自己强有力的爪子没能抓到猎物，将他们拖拽下来。

努玛扑了空，但是一只爪子差点就抓到迪克的鞋子了。用超乎自己想象的灵活敏捷，迪克和多克快速地爬到高处，远离愤怒野兽的威胁。他们最终坐在矗立在小路边的大树树枝上。狮子在他们下面，用滚圆的黄绿色眼睛盯着他们，眼睛里面充满了炽烈的火苗。狮子愤怒地嚎叫着，龇着黄色的獠牙，男孩们看得心惊胆战。

"你为什么不看着它的眼睛呢？"迪克问。

"我打算看，但是它不肯站着不动。"多克回答，"那你为什么不带着一把雨伞呢？"

狮子努玛又急又气，既然已经发现了这两个年轻娇嫩的人类猎物，就绝对不能让到手的晚餐逃掉。尽管进入晚年，努玛对美味人肉的需求已经有所减少，但是年轻人类的美好味道，却是让狮子无法忘怀的。

因此只要他们还在视野范围之内，狮子就绝对不会放弃希望。

狮子努玛几乎没有理由去嫉妒自己的表兄黑豹,但是显而易见,如果此刻自己可以像黑豹那样灵活地爬树,那么猎物就早在自己囊中了。无法像"自己的晚餐"那样爬树,狮子努玛目前的最佳选择就是坐等他们下来。

如果狮子努玛拥有人类大脑的话,它就会知道:只要自己坐在这里等着他们,男孩们就不可能从树上下来。或许努玛希望他们会睡着,迷糊中从树上掉下来。过了一会儿,狮子如同人类理清头绪一样,自己找到了原因。在等了半小时之后,狮子努玛站了起来,沿着来时的方向,顺着小路雄赳赳地走开了。但是在第一个转弯处,努玛转了一圈就停了下来,然后在目标猎物看不到的地方,坐了下来。

"我觉得它已经走了。"迪克悄声说,"我们等一会儿,然后爬下去。看看是否能找到路,应该不会距离此处太远。"

"如果等的时间太长,天很快就会黑了。"多克说。

"如果我们大声呼救的话,有人会听到吗?"迪克问。

"如果人们听到声音,进入丛林救我们,狮子也会把他们抓住。"

"我从没想到这点。我们一定不能大喊大叫。"迪克一边抓耳挠腮,一边苦思冥想。"一定有办法离开这里。"他继续说,"我们不能永远待在这里——即使你认为在丛林过夜是一件美妙的事情。"

"如果爬到树下,我们可能直接遇到那头老狮子。我们没有雨伞,也没有其他东西。"多克咧嘴笑着。

"我想到了!"迪克大喊,"我想到了!为什么之前没有想到?"

"想到了什么?"

"为什么不像人猿泰山一样在树木之间荡来荡去?有狮子在后面追赶的时候,他不会跳到地面上,而是在树枝间穿行。我们难道不能在树木间前进,回到火车站吗?"

"天哪，这主意太棒了。我们从树枝间荡回火车站，在乘客们面前跳下去，他们肯定会大吃一惊的。"

"我想，如果得知我们被一头狮子追赶，他们的眼睛会瞪得像铜铃一样。"迪克补充。

"那么来吧！哪条路是通向火车站的？"

"这边。"迪克带头沿着路的垂直方向前进。他们一边在树枝间小心翼翼地前进，一边警惕地察看着脚底下和"把手"上方的环境。

"我不认为这是'荡行'。"

"那么，机灵鬼，让我来看你怎么样荡行。"

"你是泰山的表弟——如果你都无法做到的话，我怎么能做到呢？"

"好吧，我需要再多加练习。你不能指望一个人不进行练习，第一次就成功吧？"迪克解释。

此刻，多克正轻手轻脚地跟着迪克前进，所以没有想出一个合适的回答。他们从一棵树跳到另一棵树，技能不断得到提高。很快他们就越来越自信，前进的速度也相应地快了起来。

迪克无意间找到了正确的方向，火车就安静地停在他们的前方，尽管比他们想象的要远一些。在密不透风的森林里，没有路标的引导，没有可见的太阳光指引，沿着直线前进可不是一件轻而易举的事情。

在一百码之内迪克就改变了最初的航线，这也没有什么可大惊小怪的。男孩们沿着正确方向的垂直方向前进，在下一个百码之前已经完全掉头回来了。他们正朝着远离火车站的方向荡去。

几分钟之后，他们就回到了刚刚离开的那条宽阔的兽道。树上的叶子浓密茂盛，他们完全没有看到那条兽道。他们沿着这条充满凶险的道路,勇敢地前进着。热带的夜晚仿佛突然间降临到了这片神秘莫测的丛林,将一切都笼罩在无边无际的黑暗之中。

狮子在他们下面怒吼着,在黑暗之外则传来猎豹摄人心魄的尖叫声。他们头顶上似乎也有东西在行走。在黑暗中行走的野兽,夹杂着令人毛骨悚然的噪音,加上令人心惊胆战的沉寂,丛林之夜注定是无眠的。

Chapter 4
自投罗网

崭新的一天华丽地拉开了序幕。灿烂的阳光照耀在青翠欲滴的树叶上,树木用自己宽大的叶子,为丛林戴上了巍峨的翠冠。地面上,依然是漆黑一团,寂静阴沉。一个身形灵活的黑武士正沿着丛林小路静悄悄地行走。他的背上背着小型的椭圆盾牌、一把弓和装满箭的箭筒。他的耳垂上挂着沉重的装饰物,腰间系着金属腰带,腿上戴着脚链。他的牙齿非常尖,整齐地排列在一起,一只手上拿着一根狩猎用的长矛。他是来自巴嘎拉族的祖品格,巴嘎拉族在乌加拉地区拥有绝对统治权,声称这片茂密的森林都是他们的领地。这天一大早,祖品格就开始沿着前天设下的陷阱围猎了。

在一棵大树的分叉处,两个男孩从寒冷痛苦的睡眠中醒过来了。整个夜晚,两个人紧紧抱成一团彼此取暖,不过还是难抵彻骨寒意。他们几乎一夜未眠。丛林的夜晚不断传来各种神秘的声音,因为担心附近看不到的野兽突然来袭,他们无法合上眼睛。由于筋疲力尽,他们才开始意识模糊,进入了不能称之为睡眠的无意识状态。即便如此,在破晓后不久,寒冷和不适再次将他们唤醒。

"天哪,我快要冷死了。"迪克说。

"这可不能怪我。"多克答道。

"在丛林过夜肯定很奇妙。"迪克讪讪地露齿而笑。

"确实没有那么糟糕。"多克勇敢地坚持着。

"没有像什么一样糟糕?"迪克问。

"我敢打赌,没有其他男孩曾经整个晚上不回家,待在树上过夜的。除此之外,地上到处是狮子、猎豹和老虎在徘徊,等我们回家告诉他们,天哪,想到没有和我们同行,他们肯定懊悔不已。"

"非洲可没有老虎。"迪克纠正他,"我可以把自己的位置让给任何想在丛林过夜的人。我只希望待在自己的家里,躺在自己的床上——这就是我的愿望。"

"爱哭鬼!"

"我才不是。这只是我的一些感受,毕竟,我现在是又冷又饿。"

"我也是。"多克承认,"让我们生一堆火。这样既可以取暖,又可以做早饭。"

"你打算怎么生火?用什么做早饭?你打算说'阿洛、普雷斯托,耳朵变',然后从我耳朵里拉出一个煤气灶吗?就算你能生火,那么你打算做什么呢?火腿鸡蛋和华夫饼?即使这样也不行,因为我们没有你总是提起的枫叶酱,也没有烹饪必需的橘子酱。"

"你觉得自己很幽默!"多克打断了他,"我会证明给你看——我马上就会生起火来。"

"你的火柴在哪里?"

"我不需要任何火柴。"

"没有火柴,你打算怎么生火呢?"

"这个容易。你所要做的就是把两根树枝放在一起摩擦。"

迪克对此很感兴趣。"对的,来吧。我们下去开始生火吧。天哪,可以再次享受温暖,不是很棒吗?"

"如果身上着火了,我也不会在意。"多克说,"不过我现在这么冷,估计很难燃烧起来。"

"我们也可能融化——总比现在这样冻僵好。"

"你觉得现在下去安全吗?"多克询问,"你认为那头老狮子已经回家了吗?"

"我们可以待在靠近大树的地方,一个人负责放哨。"迪克建议道。

"好吧,那我们下去吧。天哪,我已经四肢僵硬了。我的关节需要一些润滑油。"

一到树底下,多克就收集了一些细枝,然后捡了两根稍粗一点的树枝开始用力摩擦。迪克负责望风,一旦发现任何风吹草动就马上发出警报。多克不停地摩擦、摩擦、摩擦。

"你的火怎么回事?"迪克问道。

"我也不知道。"多克说,"我读过的所有关于野蛮人和荒岛的书中,都是这样描写的——他们通过摩擦两根树枝来生火。"

"或许你摩擦得不够快。"迪克建议道。

"我已经尽最大努力了。你也许觉得这个很有趣。其实,这是一项艰难的工作。"多克继续不停地摩擦,几分钟之后,他筋疲力尽地停下了。

"你为什么停了下来?"迪克问道。

"这些树枝无法燃烧。"多克厌烦地回答,"通过拼命摩擦,我现在已经感到暖和了。"

意识到自己的生火方式有问题，他们决定通过运动取暖。因为他们知道快速的奔跑可以刺激血液的流动。现在面临的问题是，他们应该往哪个方向跑，哪里能找到一个有足够空间的地方跑。枝蔓丛生的灌木密密匝匝地生长在一起，任何动物都无法在里面奔跑。他们也不知道道路在哪里。除了树木之外，这里什么也没有，所以他们爬回了较低的树枝。沿着自认为是通向铁路的方向，他们用僵硬的手指和麻木的关节继续前进。

在继续前进中，他们开始感受到了温暖和生命重生的活力。即使暂时忘记了寒冷，饥渴难耐的感觉却越来越强烈。他们听到丛林中一些小生命的声音，偶尔也会看到飞驰而过的彩色小鸟。一只小猴子来了，在他们头上奔跑着。小猴子"叽叽喳喳"地叫着，吸引来自己的同伴。很快，一群猴子就围绕在他们身边，它们看起来一点也不怕男孩们，也未表现出任何不友好，仅仅是出于好奇而已。猴子不停地吃东西，不断刺激男孩们的饥饿感，简直让人疯狂。

两个男孩仔细观察猴子们在吃什么，因为他们明白猴子可以安全食用的食物，自己也可以吃。当男孩们发现猴子的菜单里面大部分是毛毛虫时，就改变了主意。又过了一会儿，他们看到一只猴子从一棵树上摘了一些水果，吃得津津有味。男孩毫不犹豫地爬到同一棵树上，寻找更多的水果。这种水果尝起来味道一般，但是毕竟能够抵挡饥饿的折磨，果汁也可以解渴。填饱肚皮之后，两个男孩继续着寻觅铁路之旅。虽然他们的技术还称不上完美，但是在树木之间穿行确实比在地上容易。刚才的食物给了他们新的希望，男孩们确信很快就能够到达那条代表营救的铁轨。即使他们的火车已经走了，只要有其他火车经过，看到两个白人男孩也会停下来。怀着满满的自信，男孩们越来越深入到丛林深处，离铁路渐行渐远。在前面带头的迪克,突然发出一声饱含满意和安慰的感叹。

"这肯定就是那条走过的小路。"他喊道,"现在我们可以加快速度了。"

"天哪,重新站在大地上的感觉太好了。"当两个男孩站在坚硬的土地上时,多克感叹道,"来吧!我们快点。"

迈着轻快的脚步,他们沿小路朝着既定方向前进。男孩们现在非常确信自己的道路是正确的。多克情绪高昂,偶尔吹起欢快的口哨。

在他们前面的祖品格紧急停了下来。他站在那里,聚精会神地倾听着,然后蹲下来,把耳朵贴在地面上,一动不动。当他站起来的时候,仍然在侧耳倾听,竭尽全力分析沿着小路传来的声音。在男孩们看到他之前,这个野蛮人武士已经躲进了丛林的绿色屏障里。茂密的树叶和低垂的树枝,形成了一个密不透风的屏障,而祖品格正好藏身于此。

男孩们自信满满地走过来了。祖品格把盾牌挡在左臂前,紧紧抓住了自己轻便的狩猎长矛。

直到男孩走到祖品格对面,他才看清楚他们。然后,他紧握长矛的手放松了,一种轻松和满意的神情浮上了他黝黑狡黠的脸。对于两个赤手空拳的白人男孩,他没有丝毫的恐惧。等男孩在小路的拐弯处消失不见了,他才走到小路上,跟着他们。

祖品格现在是得意扬扬。即使他的陷阱一个猎物都没捕获又怎么样?即使别人的陷阱里面塞满了猎物,也无法与这两个不费吹灰之力就能到手的意外收获相媲美。那些陷阱中的猎物,还需要他扛回家,而这两个新猎物居然自己乖乖地直接向巴嘎拉村落走来了。

自投罗网 | 025

Chapter 5
食人部落

"按照时间推算的话,我们应该离火车很近了。"迪克说。"除非……"

"除非什么?"多克追问。

"我们可能走错路了。"另一个人猜测,"我们可能完全迷路了。"

"天哪,千万不要这么说,迪克。如果现在迷路了,那么我们永远走不出去了。我们不得不一直待在丛林里,直到——"

"直到什么?"

"我不想说出来。"

"你的意思是,直到我们死亡?"

多克点了点头。男孩们继续在沉默中行走着,两个人都沉浸在自己沮丧的想法当中。在他们后面看不到的地方,黑武士祖品格紧紧跟随着他们。多克突然停了下来。

"迪克,你闻到什么味道了吗?"

迪克闻了闻空气中的味道。"闻起来像烟火。"他说。

"是烟火。"多克兴奋地大喊,"我还能闻到烹饪食物的味道。"

"我们得救了,迪克!我们得救了。这是火车!快来!"两个男孩一路小跑起来。

他们快跑了一百多码之后,突然停了下来。在小路的尽头是森林中的一片空地。在空地的中心有一圈用树干做的栅栏,将四周围了起来。在栅栏的顶上,他们可以看到茅草小屋的锥形房顶。透过敞开的大门,他们看到一座座小屋和半裸的黑人在里面走来走去。在栅栏外面,一群女人在田地里锄地。

看到这个场景,两人不禁有些惊慌失措。这与他们的预期相差十万八千里,他们一时震惊得哑口无言。老样子,还是多克首先恢复了舌头的语言功能。

"毕竟,我们迷路了。"他说,"我们现在应该怎么做呢?"

"或许他们是友好的土著人。"迪克猜测。

"也有可能是食人族。"多克说。

"我不相信现在还有食人族。"迪克摇了摇头。

"我对此不抱任何幻想。有可能有食人族。"

"那我们沿着来路悄悄溜走吧。"迪克小声说,"他们还没有发现我们。"

两个男孩同时转身,折回到来时的路。一个身材高大的黑人武士堵住了他们的路。这个武士眉头紧皱,手里拿着一把锋利的长矛。

"天哪!"迪克惊呼一声。

"哎呀,我们该怎么办?"多克脱口而出。

"我们应该对他表示友好。"迪克说。

"早上好!美好的早晨,是吧?"多克礼貌地说道,脸上带着

食人部落 | 027

紧张的笑容。

一直沉默站着的祖品格,突然滔滔不绝地说起话来。但是男孩们却一个字也没有听懂。祖品格说完话以后,又一动不动地站在那里。

"好吧,我觉得我们最好返回到火车那里。走吧,多克。"迪克边说边沿着小路行走起来。经过祖品格时,长矛锋利的矛尖指向了他的腹部。

迪克停了下来。祖品格用左手指着村落,用长矛刺着迪克。

"我想他在邀请我们去吃午餐。"多克猜测。

"不论他邀请我们做什么,我们最好照做。"迪克说。

两个男孩极不情愿地走向村落。祖品格紧随其后,骄傲地带着自己的俘虏向大门方向走去。看到他们后,在田间工作的女人和孩子们围拢过来,兴奋地"叽叽喳喳"说着。这些女人长相非常丑陋,耳朵和下嘴唇都严重变形了。她们的耳垂明显是在年幼时被刺穿的,沉甸甸的装饰物将耳垂不断下拉,最低的地方已经耷拉到肩膀处。像祖品格一样,她们的牙齿非常锋利,整整齐齐地排列着。对于多克和迪克而言,此刻不知道这些牙齿的意义是幸运的。

一些孩子把石头和木棍投到男孩身上,每击中一次就得一分。祖品格、女人和孩子们发出喧嚣的笑声。受周围的掌声鼓舞,一个年纪较大、长相格外丑陋的男孩从后面扑向多克,拿着一根沉重的木棒朝他的头挥舞过去。迪克拼命躲避雨点般的投掷物,因此落后了多克几步。事实证明对他的表弟而言,这是一种非常幸运的情形。不然的话,如果黑人男孩这一棒正好打中目标,多克的头盖骨可能就会破裂了。

正当这个小恶魔举起棍棒的时候,迪克跳到他的面前,用左

食人部落 | 029

手抓住了他的手腕，用右手给了他当面一拳，将他打翻在地，四脚朝天。

虽然没有完全明白刚才的情况有多么危险，多克恰好转过来看到迪克的动作。两个男孩马上本能地靠拢到一起，背对背站着互相保护彼此。他们确信刚才迪克对黑人男孩发动的袭击必然导致其他人的愤怒。

"好家伙！"多克窃窃私语。

"我认为现在大难临头了。"迪克沮丧地说，"但是我必须那么做！他差点就杀了你。"

"没有比我们来这之前更糟糕的事情了。"多克提醒道，"看看他们现在的样子！我觉得这对他们挺好的。"

黑人们显然大吃一惊，甚至忘记了向男孩们投掷任何东西。然后他们开始嘲笑那个受挫的男孩。黑男孩坐在地上，摸着自己流血的鼻子。人们的视线被这个黑男孩吸引过去，祖品格就驱赶着迪克和多克往村里走去。他匆忙地把他们带到一个肥胖的黑人面前，那人正坐在一棵大树的树荫下与其他武士讲话。

"这个人肯定是酋长。"多克说。

"我希望我们可以和他聊一聊。"迪克说，"如果能向他解释我们要去哪里的话，他或许会把我们送回到铁路上。"

"我来试一试。"多克说，"说不定他懂英语呢。嘿，大个子！"他朝着胖黑人喊道，"你会讲英语吗？"胖黑人抬头看了多克一眼，用一种含混不清的班图方言和多克说了一通话。这位美国男孩只能摇了摇头。"看来这条线不起作用，汤姆叔叔。"多克叹了口气，然后灵机一动，又"叽里哇啦"地用法语说了一通。

尽管身上疼痛难忍，迪克还是不能自已地大笑起来。"怎么了？什么事情这么好笑？"多克问道。

"你的法语。"

多克露齿而笑。"我一定要多加练习。"他说,"像以前一样,没有人能够听懂我的法语。"

"这里的朋友还以为你不是在讲话呢。你为什么不做些手势呢?"

"我从来没有想到这点,你真厉害。你总是在不经意间显露出一丝智慧的光芒。说干就干!看着我。"他向胖黑人招手,希望引起后者的注意,然后把手指向自己认为的铁路所在方向,发出"呜呜!"的声音。他指着迪克,然后又指向自己,在一个圆圈里困惑地从一个方向走到另一个方向。

他停在胖黑人面前指着自己,然后指向迪克,又指向自己,最后指向想象中的铁路方向,一遍又一遍地说着:"呜呜!呜呜!呜呜!呜呜!"

胖黑人用他红肿的眼睛懵懂地打量了多克一会儿,然后转向他的伙伴。他向着多克的方向伸出肮脏的拇指,用食指用力地弹他的额头,向祖品格发出了一个简短的命令。祖品格站起来,粗鲁地把男孩们推向村落的另一端。

"我猜他可能完全理解了你的手语。"迪克说。

"你为什么这么认为?"多克追问。

"因为他觉得你疯了——而他却没有。"

"是这样吗?"

祖品格在一个蜂窝状的小屋前停了下来。这个小屋仅有一个两三英尺高的入口,在入口的两边各有一个持有武器的武士把守着。祖品格示意男孩们进去。当他们刚刚手脚并用爬向黑暗的小屋时,祖品格迫不及待地用脚无情地将他们一个接着一个踢了进去。这个黑暗的小屋里,充满了恶臭,久久挥之不去。

Chapter 6

密室囚徒

多克和迪克紧紧蜷缩在一起，沉默地坐在小屋肮脏的地上。他们可以听到祖品格对门口的两个守卫讲话；当他走远之后，也可以听到两个守卫在聊天。最让他们焦躁不安的就是，无法听懂对方的语言。他们对于这些人的本性一无所知，然而自己的悲惨命运却掌握在对方手中。他们现在确信自己已经成了俘虏，对于这些捕拿者打算如何处置自己，也是毫无线索。多克把嘴唇靠近迪克，轻声耳语："你听到什么声音了吗？"

迪克点了点头。"好像那边有什么东西在呼吸。"他说。

"是的。"多克的声音微微颤抖着，"我能看到在那边的墙角有什么东西。"

他们的眼睛已经适应了屋内的昏暗，慢慢地可以看到屋内的情况了。

迪克瞪大眼睛，看着声音来源的方向。"我看到了——那里有两个东西。你觉得他们是人,还是——"

"还是什么?"多克问。

"狮子,或者其他东西。"迪克虚弱地说。

多克摸了摸自己的口袋,拿出了一把小折刀。但是他的手指在不停颤抖,根本无法打开小刀。"那东西站起来了!"他小声嘀咕着。

他们坐在那里,眼睛紧紧盯着沿着小屋后墙移动的黑色庞然大物。它看起来体积庞大,绝非善类,虽然他们还无法判断这东西到底是什么形状。

"它——它正朝着我们走过来。"多克喋喋不休地说着,"我希望这是一头狮子!不知道它到底是何物的感觉,比它是一头狮子还要可怕。"

"老天,它有可能是任何东西!"

"另一只也过来了。"迪克喊道,"我相信他们是人类。我之所以这么说,是因为在这个黑暗的洞里,我的视力更好一些。是的,他们是人类。"

"那么他们也一定是囚犯。"多克说。

"即使如此,你最好把小刀拔出来。"迪克说,"我已经拔出我的小刀了——我正打算让你也把小刀拿出来。"当两个物体四脚着地向他们爬过来的时候,男孩们一动不动地坐在那里。不久他们就看清了,一个是体格魁梧的黑人,另一个身材比较矮小,也许是个孩子。"告诉他们离我们远点,不然我就用小刀刺伤他们了。"多克说。"即使我们告诉他们,他们也可能听不懂。"迪克回答。此时一个黑人用一种他们很难听懂的洋泾浜英语宣称,他的英语很好。

"天哪!"多克放心地发出一声叹息,"我几乎想要亲吻他了。"

密室囚徒 | 033

男孩们问了很多问题，黑人们尽最大的努力来听懂他们。同样他们也费了九牛二虎之力来解读黑人的答案。无论多么微弱和不确定，至少男孩们找到了一种可以沟通的方法。他们逐渐意识到，这次有勇无谋的丛林探险已经将自己置于危在旦夕的困境。

"他们会怎么处理我们呢？"迪克问。

"把我们养肥。"黑人解释。

"把我们养肥？为什么呢？"多克追问，"天哪，我已经很胖了。"

"把我们养肥，然后吃掉我们。"黑人解释。

"天哪！他们是食人族！他是这个意思吗？"迪克大喊。

"是的，坏人，食人族。"黑人摇了摇头。

男孩们陷入了长时间的沉默。他们的思绪已经飘远——穿过海洋和大陆，回到遥远的家乡，回到母亲身边——回到了那些他们再也无法见到的至亲好友那里。

"多克，想到没有人知道我们发生了什么事情，简直太糟糕了。"迪克脸上写满悲伤。

"一切还没有发生呢，迪克。"他的表弟回答道，"事情是否会发生，应该由我们决定，一定有办法逃出去。无论如何我们都不能放弃——直到他们讨论喜欢什么口味的烤肉，是深色肉，还是浅色肉。"

迪克咧开嘴笑了。"你知道我们不会放弃，多克。我们要尽量向这家伙学习，这样机会到来时，我们就更有把握逃生。第一件事就是要学习他们的语言，如果知道他们在谈论什么，会对我们有帮助的。一旦打算逃跑，我们起码要知道如何问路。"

"是的，或许我们能遇到一位交通警察。"

"不要犯傻了。"

迪克转向蹲在他们旁边的黑人。"你叫什么名字？"他问道。

"布拉拉。"黑人回答。然后他解释,自己曾经是一名厨师,后来做了一位白人狩猎之旅的陪同。但是中间出了问题,他不得不逃回自己的家乡,却被这群人给抓住了。他把这些人称呼为巴嘎拉部落。

"你会说巴嘎拉部落的语言吗?"多克问。

"我们可以听懂彼此的话。"布拉拉回答。

"你可以教我们你的语言吗?"

布拉拉对于这个主意非常感兴趣,立刻开始扮演教师的角色。在这个世界难得有这么渴望知识的学生,迪克和多克也从未如此勤奋好学,求知若渴。

"看,这种语言学起来小菜一碟。"多克说。

"如果你学得和你的法语一样好的话,"迪克说,"没有人可以听懂你的话,或许一百年后你才能明白自己说了什么。"

"真的是这样吗?你自己说得也不好。"多克反击。

男孩们的眼睛逐渐适应了小屋内部的昏暗光线,开始看清里面简陋的家具、肮脏的环境和他们的狱友。布拉拉是一个愚昧无知但天性快乐的美国西海岸黑人;而另一个被布拉拉称为尤克铎的人,则是一个侏儒,虽然已经是成年人,但是身高仅到"双胞胎"的肩膀处。

当尤克铎发现布拉拉在尝试教男孩语言时,他也兴致勃勃地参与了实验。由于尤克铎远比布拉拉聪明,男孩们学会更多的是他的方言,而不是布拉拉部落的方言。

至于小屋里的家具,仅仅是几个肮脏的席垫。这些席垫显然是被之前的主人丢弃的,人类根本没有办法使用。如果土著人都觉得某种东西肮脏不堪的话,那么此物的肮脏程度已经无法用文字来描述了。

尤克铎慷慨地为男孩们拖过来两块垫子。但是在检查完毕之后,他们又把垫子拖走了。"如果外面没有守卫的话,我会把我的垫子拿出去,绑在树上。"多克说。

"你是担心垫子会跑掉吗?"迪克问。

"不,我担心它会爬回到我们身边来。"

黄昏时分,他们得到了一些食物——一堆散发着恶臭、令人恶心的东西。即使已经有些饿了,男孩们也不想碰这些食物。布拉拉和尤克铎却没有这么挑剔,大口大口地吃着自己的那一份,然后又分享了男孩们的食物。他们吃饭时发出的声音,不禁让多克想起了祖父农场里猪舍进食的情景。

伴随着夜晚的降临,这里也会听到从村庄和丛林里传来的嘈杂声。从小屋底部的孔隙里——这也是他们的窗子和门,男孩们看到村庄里篝火闪烁。交谈声、笑声偶尔传来。他们看到有人影围着篝火行走,也会瞥见野蛮的舞者在翩翩起舞,听到手鼓发出阵阵敲打声。然而,熊熊燃烧的篝火并未将热量传递到这个寒冷潮湿的小屋,此起彼伏的欢声笑语也未能温暖小屋里被囚禁的人的心。

迪克和多克紧紧蜷缩在一起互相取暖,饥寒交迫、筋疲力尽的他们终于进入了梦乡。

Chapter 7

神奇药丸

当他们醒过来时,仍然是一片黑暗,而且感觉越来越冷。村落的篝火已经熄灭,或者是为过夜而封了火。世界一片寂静。然而男孩们仍然很清醒,因为他们是被一阵噪音吵醒的,仿佛回音仍然在耳边回响。不久他们就确定了——那是从黑暗丛林里传来的雷鸣般的巨响,仿佛整个大地都在颤抖。

"你听到了吗?"

"那是狮子的吼声。"

"你觉得它在村子里吗?"

"听起来仿佛近在咫尺。"

狮子并不在村子里,它的鼻子靠近栅栏,愤怒地咆哮着,因为牢固的栅栏将美味鲜嫩的肉拦在里面。

"天哪!"迪克说,"即使我们逃出去,也没有什么好处,那就好比从煎锅逃到热火中去。"

"你的意思是,你情愿待在这里被食人族吃掉,也不愿意逃跑吗?"多克问。

"不,我当然不是这个意思。我只是在想,目前没有一个更好的机会逃离——我肯定愿意尝试离开这里,而不是像布拉拉和尤克铎那样等着被吃掉。多克,你有什么逃跑的主意吗?"

"目前没有。我大概听懂了布拉拉含混不清的语言,他似乎认为,只有我们变肥一些之后,巴嘎拉人才会吃掉我们。不过他也说了,他们也许只是为了一次盛宴而留着我们,到时候很多其他村落的人也会被邀请参加。无论如何,如果我们有几天时间来打听明白这个村庄的习惯和风俗,我们会找到更好的机会逃跑。天哪!这里实在是太冷了!"

"在如此饥寒交迫的情况下,我不知道有谁可以活下去。"迪克说。

"我也不知道,根本没有办法再次入睡。我打算起来了,四处走走,或许这可以让我感到暖和一些。"

他们的做法只是把布拉拉和尤克铎吵醒了,所幸后者并没有生气。听到男孩们很冷,他们大笑起来。布拉拉安慰男孩们,晚上总是会有些冷的。看到尤克铎和布拉拉几乎是全裸的,"双胞胎"不禁对自己的抱怨有些难为情了。

黎明终于到来了,冉冉升起的太阳给他们带来了温暖和活力,男孩们觉得非常开心。现在他们已经是饥肠辘辘,心想不论看守把多么肮脏的食物放在两人面前,他们都会吃下去。然而,男孩们什么食物也没有等到。事实上直到中午之前,没有人记得他们。直到一个武士过来,命令四人走出小屋。在武士的监视下,他们被押解到村落中央的酋长小屋。

在那个睡眼惺忪的食人族老酋长前,很多武士排成一列。酋长把他们打量一番，对"双胞胎"说了几句话。

"他想知道你们在他的地盘做什么。"布拉拉翻译道。

"告诉他，我们是乘火车经过这里，在丛林里闲逛，却迷路了。"迪克说，"告诉他，我们想回到铁路上。如果他可以帮助我们的话，我们的父亲会给他一笔丰厚的回报。"

布拉拉把所有内容都解释给酋长听。酋长和他的武士们展开了一场漫长的讨论，最后布拉拉进行了翻译。

"嘎啦嘎啦酋长说，他希望你们在这里待几天，然后把你们送回去。他还说，如果想让他送你们回去的话，你们必须把衣服脱下来，当成礼物送给他。"

"那我们会冻僵的。"多克提醒他们。

"你们最好给他，不然他也会动手抢走的。"布拉拉劝告他们。

多克转过头，看着迪克。"我们该怎么办呢？"他问。

"布拉拉，告诉他，没有衣服我们在半夜会冻死的。"迪克大喊。

布拉拉和嘎啦嘎啦又说了半天。最后布拉拉宣布酋长坚持要他们的衣服，但是会提供其他的服装作为交换。

"好，那让他快点拿来看看。"多克打断了他们。

又是一番讨价还价，最后酋长让一名武士拿出一些肮脏的棉布，扔在男孩们脚下。多克开始和他们争论起来，但是布拉拉的劝说，加上嘎啦嘎啦的恐吓，让男孩们相信，他们除了听从命令之外，别无选择。

"我打算把口袋里的东西掏出来。"多克说。

"他们或许会把我们所有东西洗劫一空，不过如果可能的话，我们应该把小刀藏起来。"迪克建议。

第一件从口袋里掏出来的东西是一支钢笔，嘎啦嘎啦果然伸手来取。

"这个对老强盗会很有帮助的。"迪克咆哮着。

"告诉他这是一个小瓶子,里面的东西很好喝。"多克打断了他,"看,我会告诉他怎么样弄出来——看,乖孩子。"多克向前一步,把笔帽从笔尖处取了下来。"告诉他,"他向布拉拉解说着,"把发光的那头放进嘴巴,然后拉动这个小杠杆——这样好喝的饮料就会喷射进他的肚子里了。"

嘎啦嘎啦按照布拉拉的指导操作了。一种奇怪的表情布满了他邪恶的面孔,接着他开始呕吐起来。不仅他自己,那群聚集的武士们也是大吃一惊,因为嘎啦嘎啦正在不可思议地吐出蓝色的呕吐物。这种反应可以说是令人大吃一惊,甚至有些毛骨悚然。他像个疯子一样蹦来跳去,发出奇怪的声音,偶尔夹杂着几句责骂男孩不怀好意的咒骂。不过整个表演最令人意想不到的部分是:他把所有的怒火都发到了布拉拉身上,无情地对这个可怜的家伙一顿拳打脚踢。

"告诉他这个不会伤害他的。"迪克大喊,担心多克的玩笑会引发严重的后果,"告诉他,白人喝这种饮料来强身健体。"当布拉拉成功地把信息传递给嘎啦嘎啦后,这位酋长立刻冷静下来。但是此后很长时间,他继续吐出蓝色的呕吐物。

现在,男孩们的口袋已经空空如也。但是男孩仍然握住自己的小刀,试着在贪婪的嘎啦嘎啦眼皮底下藏起来,这种尝试显然是徒劳的。一只肮脏的红色手掌摊在多克面前,此时无须任何人来翻译食人族的要求,那便是——贪婪、贪婪、贪婪!而这给了多克一个灵感,他眼睛一眨,心生一计。

"为什么不试试呢?"他自言自语道。

"什么为什么不?"迪克问。

"看着我!"多克大喊。

040

嘎啦嘎啦用一种专横的语气要求多克把小刀递过去。但是多克毫无反应。相反,他默默地把左臂抬了起来,然后张开右手,把嘎啦嘎啦梦寐以求的小刀暴露在众人面前。

"告诉他们,仔细地看着我。我表演一个他们从未看过的戏法。"他对布拉拉说。

"大药丸?"布拉拉问。

多克抓住了这个字眼。"大药丸!就是这样,布拉拉!告诉他们我将要给他们制作一些真正的大药丸。"他大喊。

男孩用左手掌盖住小刀,甚至连嘎啦嘎啦也似乎被吸引住了。多克双手一拍,吹了口气,然后把双手举到头顶。"听我咒语!阿洛、普雷斯托,耳朵变,消失!现在你能看到它,现在你看不到它了!"他打开双手,向上摊开手掌,小刀不见了!

酋长迷惑不解,四处张望寻找小刀。等他走近多克的时候,多克突然凑了过来,在众目睽睽之下把失踪的小刀从嘎啦嘎啦的耳朵里抽了出来。对野蛮的老食人族来说,这绝对是匪夷所思的。他快速地向后蹦去,结果不小心被绊倒,四脚朝天地躺在之前的座椅上——这对他的尊严是一次严重的打击,因此他勃然大怒。他愤怒地摇摇晃晃地站起来,命令男孩们脱掉所有衣物,穿上给他们提供的破衣烂衫。

"尽量紧紧抓住你的小刀。"多克告诫,"我觉得我穿上这件新衣服后,我们两个人的小刀都可以藏起来。这个东西怎么穿?"

"问布拉拉。"迪克建议。布拉拉告诉男孩们怎么样用布包住屁股,把布的末端穿过大腿,这样在身体的前面和后面就垂下了两片小围裙。

此时男孩们正在设法藏匿他们的小刀,最后嘎啦嘎啦再次提出要求。多克有些绝望了。"我们一定不可以放弃,迪克。"他说,"这

神奇药丸 | 041

是我们拥有的唯一有用的东西,我绝对不会放弃。"他转向布拉拉,"告诉那个胖子,如果任何人想把药丸从我们这里拿走,那他就会被杀死。如果他不想我们保留药丸,我们会把药丸送走。看!"他拿出了自己的小刀,重复了之前那些神秘的手势和语言——小刀不见了。然后他又拿来迪克的小刀,重复了同样的手势和语言。嘎啦嘎啦摇了摇头。

"他想知道药丸在哪里。"布拉拉说。

多克四处张望,寻找机会来拖延时间。突然,一个可以阻止嘎啦嘎啦索取小刀的妙计出现在脑海中。他的眼睛落在一个男孩身上,这就是前一天祖品格押送他们回村庄时,企图袭击自己的那个男孩。多克也说不清楚,为什么一看到这个差点杀死自己的小顽童的丑陋外表,这个主意就突然出现在脑海里。但是不得不承认,这是个绝妙的主意——也许对黑人男孩不是,但至少对他和迪克而言是的。他突然靠近这个男孩,指着他的耳朵。

"告诉嘎啦嘎啦,"他对布拉拉说,"我们的大药丸就藏在这个家伙的脑袋里了。除非我们和自己人在一起,不然药丸是不会出来的。"

Chapter 8
巫医多克

炎热的白昼与寒冷的夜晚，日复一日地交替循环着。食物依旧是粗鄙简单、难以下咽，男孩却已经学会如何食用；他们也很难理解自己为什么没有被杀死，因为这些食物充满了已知和未知的上百万种细菌。刺骨的寒冷和无数的虫子让夜晚变得凶险可怕，似乎是一场永无尽头的折磨。尽管如此，男孩们还是活了下来，并且不断学习着新本领。他们学会了尤克铎的语言，学会了一种大家都能听懂的方言，也听懂了捕获自己的巴嘎拉族语言。

在被囚禁的这些日子里，他们也明白了很多其他的事情，其中最突出的是对于黑人的全新认识。对于多克而言，他以前对于有色人种的接触仅限于美国南部地区的几个种族。现在的经历让他更加深刻地理解了黑人。即使在这群食人巴嘎拉族的武士当中，他也遇到了一些拥有崇高尊严、镇定自信和充满人格力量的黑人。

来自西海岸的布拉拉是一个愚昧无知的黑人，却拥有一颗金子般的心——忠心耿耿、慷慨大方。侏儒尤克铎可能是非洲人社会地位最低的一个种族，但他依然是一位忠诚的朋友和同伴。与生俱来的机敏，熟悉丛林和丛林里的居民——不论是野兽、还是人类，这让他几乎无所不知。他所讲的丛林传说，帮助男孩们打发了许多无聊难熬的时光。

在被囚禁了一周后，男孩们通过布拉拉和祖品格向酋长嘎啦嘎啦传递了一条信息：他们不适应小屋内密闭的空气和没有阳光的生活，再这样下去，他们就要无法呼吸了。男孩们希望获得更多的自由和运动，并且申明他们是毫无机会逃走的。因为不熟悉丛林，即使可以离开村落，他们也不知道往哪个方向去。有一点他们非常谨慎地避免去承认——他们并没有承诺放弃逃跑的尝试。

在男孩们的苦苦哀求下，嘎啦嘎啦给了所有囚犯白天在村落活动的自由。守卫们不再把守在小屋门口，而是转移到了村庄大门。到了晚上，村庄的大门会关门上锁，根本没有任何守卫把守。丛林的重重危险，足以阻挡任何人尝试逃跑的企图。对于自己的要求会被同意，男孩们其实没有抱任何希望。尤克铎敏锐地捕捉到，多克的巫术对嘎啦嘎啦产生了一定影响，酋长迷信的头脑中无疑生出了某种敬畏。多亏尤克铎的提醒，布拉拉没有把这个信息以请求的口吻传达。相反，祖品格却对他的酋长提出了请求。他的理由是——如果拒绝让囚犯在村落里自由活动，这个白人巫医男孩可能会把一些更可怕的药丸放在自己身上。尤克铎非常谨慎地表示，这也是他和布拉拉的请求。出于对多克魔法的恐惧，与往常相比，村民们对男孩们更加尊重了。其中一个男孩尤其明显，他尽可能远离白人男孩，保持一定的安全距离。这就是年轻人帕布，大家公认白人巫医男孩把一颗大药丸放进了他混沌的大脑里。

自从多克的两把小刀消失在帕布的左耳后，这个不幸的人就成了一些村民眼中的可疑对象。一开始，他非常享受自己非同寻常的名声，十分傲慢地四处炫耀。后来人们议论纷纷，嘎啦嘎啦也对探究这个大药丸是否在帕布的脑袋里很有兴趣。这下帕布开始担惊受怕起来，他逐渐远离人群，甚至远离自己父亲的小屋。因为他对嘎啦嘎啦非常了解，一旦嘎啦嘎啦想要确定药丸是否在帕布脑子里，他会毫不犹豫地进行彻底的调查，不论这个过程是多么痛苦，也不论它是否会要了帕布的性命。

一天，男孩们躺在小屋旁边的树荫下，嘎啦嘎啦走向他们。与他同行的是一个面相邪恶的人——这是巴嘎拉族的巫医尹塔莫。巫医对嘎啦嘎啦的影响非常巨大，可以说，在很多方面，他才是巴嘎拉族实际的酋长。岁月的痕迹和邪恶的念头在他纵横沟壑的皱纹中显现无疑。一直紧锁的眉头让他的整张脸乌云密布——这与他充血的眼睛、锋利的食人族牙齿简直是完美的搭配。他们两个逐渐靠近，尹塔莫兴奋地催促着酋长什么事情。但是到了迪克和多克听力范围内，两人就停止了交谈，好像害怕男孩们偷听并且明白他们在说什么。然而，嘎啦嘎啦停在两个年轻的俘虏面前时，还是泄露了天机。"尹塔莫说你们的药丸没有用。"他透露了信息。

"那让他制作更好的药丸。"多克毫不犹豫地反驳。

"尹塔莫说你们的药丸不在帕布的脑袋里。"嘎啦嘎啦继续说。

"我说就在那里。你难道没有看到我放进去了吗？"

"我们马上就能查明真相。"酋长宣布。

"你们准备怎么查明？"迪克追问，然后一个想法突然出现在脑海中，"天哪，你们不会是打算——"

"如何才能发现坚果里面有什么呢？"嘎啦嘎啦反驳，"你必须敲碎它！"

"但是这样会杀了他。"多克大吃一惊。

"如果我们在那里找不到大药丸的话,我们就杀了你。"尹塔莫说。对尹塔莫而言,没有什么事情比摆脱这个白人男孩更重要的了。白人男孩的大药丸对于自己巫医的名声有着非常糟糕的影响,因为他无法复制多克所展示的巫术。

"你现在就来。我们这就去查。"他继续说。

在嘎啦嘎啦的陪同下,尹塔莫带着男孩们走向村子的中心,直奔酋长小屋外的空旷地带而去。村庄里面几乎所有的仪式都是在这里举行的。

经过四处搜捕,帕布被拖到广场中来。尽管奋力抵抗,大声尖叫,他还是难以避免地成为祭坛上无知和迷信的牺牲品。一场有趣的娱乐活动即将上演——这个消息很快传遍了整个村子,村民们蜂拥而至,抢占位置。一群武士清理出一块圆形空地,嘎啦嘎啦和尹塔莫站在中心的位置。然后,帕布被拖了过来。

迪克和多克肩并肩站在看客们的前面,他们黝黑的面孔因为恐惧而面色煞白。此时,帕布已经吓得不省人事,被两名武士紧紧按住。尹塔莫手持圆头棒,在空中神秘地挥舞着,含混不清地念着奇怪的咒语。如果大药丸在倒霉的帕布脑袋中被找到了,这些法术应该可以削弱它的力量。

"天哪!"迪克小声耳语,"在他的棍棒敲碎这个男孩的头之前,难道我们不能做些事情来阻止他们吗?"

"这让我感觉自己是一个杀人犯。"多克发出一声叹息。

"你将会成为一个杀人犯——差不多了——如果他们完成了这件事情的话。"迪克说。

"如果你说出真相,他们就会杀了我们;如果在他脑袋里没有发现小刀,他们也会杀了我们。"多克回答。

"那么你最好告诉他们,杀了这个可怜的孩子是于事无补的。"

迪克建议。

"我想到办法了。"多克大喊,"看在上帝的分上,快点!把你的小刀递给我。不要让任何人看到。这里!就是这个!现在看我的表演!"

迪克把小刀移动到自己的腰布旁边,多克迈步进入圆圈当中。"等一下!"他一边命令着,一边向尹塔莫走去,但却对着嘎啦嘎啦说,"你没有必要杀死帕布——我可以证明,我和我朋友的大药丸都在帕布的脑袋里。我是伟大的巫医,根本没有必要像尹塔莫那样,只有敲碎帕布的脑袋才能拿出药丸。看!"

尹塔莫还没来得及阻拦,多克已经靠近了帕布。这个可怜的人,无疑是尹塔莫嫉妒心和嘎啦嘎啦好奇心的牺牲品。多克的右手快速地做了两个动作,仿佛是从帕布的脑袋里取出了小刀。他转过身来,将手掌摊开,向嘎啦嘎啦和巴嘎拉部族的人展示了小刀。

尽管多克的巴嘎拉语说得极为蹩脚、难以理解,但是这里的人都完全理解了他伟大魔法的神奇力量,也成功地见证了他的药丸确实比尹塔莫的强大很多。因为人们都相信自己所看到的。

嘎啦嘎啦迷惑不解,尹塔莫则勃然大怒。作为一名厚颜无耻的老骗子,尹塔莫相信多克仅仅是对他们玩了一个聪明的小把戏,而他不想被愚弄。现在他知道,多克在自己设定的比赛中获胜了。在他那无知野蛮的大脑深处,有一种迷信让他对此半信半疑——那就是多克是一个真正的巫医,确实可以控制魔鬼及其超自然的能力。由于刚刚发生的意外,尹塔莫对多克的恐惧与仇恨成百倍地增长。在他邪恶的心中,一个念头已经深深扎根——那就是必须尽快除掉这个危险的竞争者。

如果可以预知接下来会发生的事情,尹塔莫肯定会用棍棒立即杀死多克。在学校的时候,多克是一个喜欢恶作剧的人,他的

巫医多克 | 047

奇思妙想既让自己声名鹊起，又让人有点担心。可以公正地说，他之前的玩笑都是无害的、充满善意的，直到遇到尹塔莫。此时，另一个奇妙的想法又出现在多克脑海中。他突然转向人群，将两把小刀放在打开的手掌上。

"女士们，先生们！我们有两把普通的小折刀。"虽然他说的是英语，没有一个听众可以听懂他的话，但是所有的村民都在竖起耳朵认真听着，因为他们都非常确信多克要制作大药丸了。

"请移步向前，来检查一下！你们可以摸一摸！也可以咬一咬！来吧！"

一些听众开始越来越紧张。

"你们可以看到，它们是货真价实的小刀。你们也注意到了，我没有任何帮手。现在，女士们，先生们，仔细地看着我！"

如同之前的表演一样，他把左手放在小刀上，双手紧扣，吹了一口气，再把双手抬到头顶。

"听我咒语！"他突然发出尖锐刺耳的尖叫声，观众们闻之不禁害怕后退。"阿洛、普雷斯托，耳朵变，消失！"他慢慢转着身，直到确定尹塔莫的准确位置。在这个浑然无知的巫医尚未明白多克的意图之前，男孩快速地蹿到尹塔莫的身边，将双手放在老恶棍的耳朵旁边。"现在你能看到它，现在你看不到它了！"他结束了表演，朝着嘎啦嘎啦的方向，将自己空空的手掌打开。

多克站在原地，一言不发。几分钟之后，观众们迟钝的大脑才反应过来，明白刚才白人巫医男孩做了什么事情。

然后多克对嘎啦嘎啦说："你看到了吧？我刚才把药丸从帕布的脑袋里取出来，然后放进了尹塔莫的脑袋里。如果你要确定药丸是否在那，就可能要借尹塔莫的棍棒一用了。"

Chapter 9
出逃计划

那天下午,当迪克和多克在小屋外与布拉拉和尤克铎闲聊的时候,他们听到村子外面传来了热闹的喧哗声。男人、女人和孩子们从四面八方奔跑过去,不一会儿,迪克他们就看到一大群陌生的土著人涌了进来。村民们用欢声笑语迎接这些土著,可见他们是村民的朋友。

"这些客人是来参加宴会的。"尤克铎害怕地说。自此之后,四人就郁郁寡欢地沉浸到漫长的沉默当中,每个人都在想着各自的心事。过去,厄运对于男孩仅仅是一个噩梦,但是现在却如此可怕,如此接近。他们可以看到新来土著客人丑陋可怕、涂满颜料的脸和他们龇牙时露出的锋利黄牙。一些村民对四人指指点点,一双双贪婪的眼睛直勾勾地看着他们。

"这些野蛮人让我想起了那些熟悉的情景——曾经站在糖果店外面,眼睛盯着橱窗的我们。"迪克说。

"我们本来应该是吃糖果的小孩。"多克叹了口气。

过了一会儿,四五个勇士过来抓住了布拉拉。他们把他拖到酋长住所附近的一个小屋,绑住他的手脚,然后扔到里面去了。

"可怜的布拉拉。"多克小声说。

"他是一个不错的朋友。难道我们就不能做点什么吗?"迪克说。多克摇了摇头,探询地看着尤克铎,但是尤克铎只是凝视着地面。

"尤克铎!"迪克打断了他。侏儒抬起头问:"什么?"

"我们不能逃跑吗,尤克铎?"

"他制作了大药丸。"尤克铎用大拇指指向多克说,"如果他不能逃跑,那么不能制作药丸的尤克铎又怎么能逃跑呢?"

"我的药丸是白人的药丸。"多克说,"它无法告诉我怎么样穿过丛林。就算我能走出这个村子,我也会迷路,然后落到狮子的手里。"

尤克铎语重心长地说:"如果你能带着尤克铎一起走出这个村子,我就会带你穿过丛林,找到我的族人。尤克铎对丛林了如指掌,但是却害怕夜晚的到来。在晚上,丛林里充满了恶魔。如果你能在白天离开这里,尤克铎就会和你一起,给你指路。但是在白天,你没有办法走出去,因为巴嘎拉人会看到你。如果在晚上逃跑,则会被恶魔杀死,这是根本行不通的。"这个侏儒比任何人都了解丛林。

多克并没有立刻回答,在深思熟虑了几分钟之后,看着尤克铎。

"尤克铎,"他大喊,"如果你只是害怕恶魔的话,没有任何东西可以阻止你晚上逃离这里。我会制作大药丸来保护我们的。"

尤克铎摇了摇头。"我不知道。"他半信半疑地说。

"你已经看到了,我做的药丸比尹塔莫强大很多。"多克催促道,

"我可以制作药丸,保护大家远离丛林恶魔的伤害。你难道不相信我吗?"

"你确定吗?"尤克铎追问。

"在到达村子之前,我们不是在丛林里过了一夜吗?"迪克问,"压根就没有什么恶魔来骚扰我们。他们的眼睛一落到多克身上,就马上吓得落荒而逃了。"

尤克铎眼睛睁得大大的,充满敬畏地看着多克。"这个白人巫医男孩的药丸肯定很厉害。"他说。

"当然了。"多克承认,"我向你保证,与我同行没有任何恶魔能够伤害你。但是如果我们留在这里,嘎啦嘎啦就会吃掉你。你愿意和我们一起走吗?"

尤克铎瞥了一眼布拉拉所在的那个小屋。"是的,尤克铎愿意和你们一起走。"他说。

"好尤克铎!"迪克大喊,然后小声说,"我们必须今晚出发,对可怜的布拉拉来说,明天可能太晚了。"

"布拉拉?"尤克铎质问,"布拉拉已经没有希望了。"

"你认为他们今晚就会杀了他吗?"迪克问。

尤克铎耸了耸肩。"也许吧。"

"如果可以的话,我们必须救他。"迪克坚持着。

"我们不能。"尤克铎说。

"我们可以试一试。"多克说。

"好吧,我们可以试试。"尤克铎同意了,显然毫无热情。尤克铎是一个宿命论者,像很多原始人一样,他坚信不管什么事情,都是天意难违,与老天抗争是毫无意义的。或许这也是为什么他或布拉拉从未认真考虑过逃出去,而是相信命运已经注定了——他们本来就该被巴嘎拉人吃掉,或者将会被巴嘎拉人吃掉。

然而，迪克和多克却不是宿命论者，他们知道凭借自己的才智与勇气，可以与命运相抗争。对他们而言，所谓的命运就如尤克铎口中的恶魔一样，仅仅是一个愚蠢的妖怪，所以男孩们计划寻找最佳时机为自由而战。要带布拉拉走，这样就增加了逃跑的难度。但他们从未想过不做任何努力，就放弃自己的好朋友——虽然如果营救失败，极有可能导致自己也无法成功脱逃。

夜幕降临，男孩们看到村民和他们的客人正在为晚宴忙忙碌碌地准备着。村民们带来了各种锅子，里面装满水，放在篝火上煮沸。到处是欢声笑语，一派欢天喜地的景象。男孩们想，锅子里煮沸的水是不是为布拉拉准备的？逃跑的时机还有多久才会到来？看着这些凶残可怕的野蛮人，他们满脑子都是沮丧的想法和不祥的预兆，怎么也挥之不去。沉默地坐了一段时间，三人的注意力突然被一个"窸窸窣窣"的声音给吸引了过去。有人正试图进入他们的小屋。

某人或者是某样东西正从小屋的后面靠近他们，已经接近了小屋的外墙。外面是一团漆黑，迪克和多克抽出小刀，等待着。这会是谁？或者是什么东西呢？不论是谁，不论是什么东西，如此鬼鬼祟祟地行动，显然不想让别人知道他的举动。

迪克慢慢地站起来，手中拿着小刀，多克站在他身旁。没有任何武器的尤克铎站在迪克的左边。沿着小屋的边缘，这个神秘的声音逐渐靠近，三人默不作声地等待着。村落里摇曳的篝火，将一个影子投射在黑暗之中。

"是恶魔！"尤克铎低声喊道。

"把他留给我。但如果是狮子的话，就留给你。"多克说。

"不是狮子。是恶魔——或者是人！"尤克铎低声说。

从阴影处传来"窸窸窣窣"的声音。"你是谁？"迪克问。

"你想要什么？"多克追问。

"我是帕布。"一个非常低沉的声音小声说道，"我是来警告你们的。"

"靠近一点，就我们几个人。"多克说。

影子慢慢靠近，原来是年轻人帕布。他走了过来，蜷缩在小屋边。

"你今天救了我一命，"他朝着多克说，"所以我来警告你。我看到尹塔莫在你的食物里面下了毒。帕布恨尹塔莫，这就是我要说的话，我走了。"

"等等！"多克问，"他们打算怎么处理布拉拉？"

帕布咧嘴一笑："当然是吃掉他。"

"什么时候？"

"明天晚上。后天晚上他们就要吃掉尤克铎。我想他们害怕你的药丸，所以暂时不吃你们，除非尹塔莫可以用毒药杀死你们。"

"那他们不会吃我们的。"迪克说，"因为这些毒药也会把他们杀死。"

"不会的！"帕布反驳，"尹塔莫会来处理这一切的。尹塔莫擅长制作毒药，只要你们一死，他就会把你们的内脏分解出来，这样你们的肉里就没有毒了。如果他看到你吃了有毒的食物，却没有死，那么他就会害怕。他会找到其他方法来杀死你，除非你的药丸更加厉害。这就是为什么帕布要来警告你们——这样你们可以有时间制作更厉害的药丸。"

他转身要走。

"等等！"迪克再次叫住了他，"他们已经杀了布拉拉吗？"

"还没有。"

"他们什么时候杀他？"

"明天。"

"你可以帮我做一件事情吗?"多克问。

"什么事情?"帕布问。

"帮我带一些武器——四把小刀、四支长矛、四把弓和一些箭。你愿意为我做这些事情吗,帕布?"

"我有些害怕。嘎啦嘎啦会杀了我。如果尹塔莫知道我来过这里,还和你们讲话,他也会杀了我。"

"他们永远都不会知道的。"多克坚持着。

"我有些害怕,现在就要走了。"帕布说。

"看!"多克低声说,然后从腰布里拿出了自己的小折刀。

"看到了吗?"他把小刀拿到帕布的面前。

这个年轻人吓得缩了回去。"不要把药丸放进我的脑袋里。"他呜咽着说。

"我不会把药丸放进你的脑袋里,帕布,"多克安慰他,"因为我是你的朋友。如果你给我们带来武器的话,我就把这个送给你。如果你拥有了比尹塔莫更厉害的药丸,会怎么样呢?如果拥有了这个,你就会成为伟大的巫医。帕布,你觉得怎么样?"

"这个药丸不会伤害我吗?"帕布充满恐惧地问道。

"如果我告诉药丸不要伤害你,它就不会。"多克回答,"如果我把药丸给了你,它就是你的了。除非有你的命令,药丸不会伤害你的。"

"很好。我会把武器带给你的。"帕布说。

"什么时候?"多克追问。

"很快。"

"好的。如果你没有很快回来的话,大药丸会很生气,我也不知道它会怎么对你。快点!"

帕布消失在阴影之中。三人坐下来一边等待，一边计划着。至少他们已经迈出了第一步，但是他们仍然身处村子之内，周围遍布着残忍野蛮的食人族。

三人正在等待时，一个人送来了食物。此人不是之前送食物的人，因此他们猜测这是尹塔莫派来的。这个人一消失，他们就在地上挖了一个洞，把食物掩埋起来，然后再次陷入了沉默而焦急的等待。

Chapter 10
泰山登场

在远离丛林的一块草地上,五十位黝黑的武士正在扎营。他们身体健硕,强壮有力,有着健康洁白的牙齿。其中一个人在弹奏一种原始的弦乐器,两位伙伴则在旁边翩翩起舞,火光映照在他们天鹅绒般光滑的皮肤上。这些武士把武器搁在一边,不过都在触手可及的范围内。他们仍然穿戴着自己部族的头巾,坚毅的脸上挂着闪亮的微笑——因为这是一整天艰苦搜寻却一无所获后的放松时光。

一个高大的白人男子,从树间荡了过来,靠近了五十位勇士所在的营地。除了一块豹皮遮身外,他几乎是全裸的。他随身携带的武器也仅仅是一根长绳和一把猎刀。在暗无天日的丛林中,他也可以游刃有余、悄无声息地行进。位于下风口正在寻觅食物的狮子努玛,发出了一声嚎叫——努玛捕捉到了他的气息,一种狮子努玛既熟悉又害怕的气息。

不久之后,这个人轻轻地跳到营地旁边的地面上。这些勇士们马上站了起来,拿起武器。

"孩子们,是我!人猿泰山!"这个人说。

勇士们纷纷放下武器。"先生,欢迎您回来!""欢迎您,泰山!"他们喊道。

"运气如何,姆卫?"泰山问道。

"不怎么样,先生。"一个高大的黑人回答,"我们从各个方向进行了搜寻,但是丝毫没有发现白人男孩的踪影。"

"我也没有发现。"泰山说,"我怀疑,一周前我们询问过的黑人说了谎。他们说自己的酋长嘎啦嘎啦派他们带着几个友好的卡壬多商人朝着我的领地来了。明天我们出发去嘎啦嘎啦的村落。"

Chapter 11

逃出生天

"双胞胎"和尤克铎并未等待很久,帕布就按照自己的承诺,把武器带来了。多克把小折刀作为服务报酬送给他时,他的恐惧是真真切切的。但是成为一名伟大巫医的野心战胜了他的恐惧,心惊胆战的帕布将"大药丸"紧紧握在脏兮兮的手中,悄悄消失在了黑暗之中。

借助村落的火光,男孩们可以看到土著人在大吃大喝。尹塔莫穿着可怕怪异的巫医装束,在篝火旁跳着怪异的舞蹈,将粉末洒向各种烹饪器具。尤克铎告诉他们,尹塔莫正在制作药丸用来驱赶器具里面的恶魔,而这些器具正是次日烹饪布拉拉要用的。正式的盛宴在次日晚上才会开始。尹塔莫完成仪式之后,村民们没有跳舞。他们各自回到自己的小屋,村庄的街道上很快就空无一人了。除了一堆篝火在继续燃烧外,其余的火都被封起来了。整个村庄一片漆黑。

推迟已久的逃跑计划终于时机成熟了。男孩们和尤克铎整个晚上都在低声讨论推敲这个计划。现在只剩下等待了,等待整个村庄都进入睡眠当中。

他们分配了帕布带来的武器。武器在手,似乎赋予了他们新的勇气和冒险成功的信心。

"天哪,你认为他们都已经睡着了吗?"迪克问。

"最好再多等一会儿。"多克劝告,"这是我们唯一的机会,我们绝对不能失败。"

就在此刻,一个身影从一间小屋中走了出来,径直向他们走来。

"看那里!我告诉你什么来着?"多克说。

这个身影步履轻盈地靠近了他们。三人尽可能地隐藏好自己,蹲在地上,将武器放在触手可及的范围之内。在这个沉睡的村庄里游荡的身影看起来有些神秘莫测。唯一一束即将熄灭的篝火发出暗淡的光,朦胧地勾勒出这个逐渐靠近的身影的轮廓。可以看到这是一个身形高大的武士,右手挥舞着一根短而沉重的圆头棒。

他会是谁?在夜深人静之时,他的使命是什么?

几乎要到达三人跟前时,这个身影在小屋的入口处缩成一团。当看到三人时,他脸上充满了惊讶,突然停了下来,发出愤怒的咕哝。

"你们为什么不待在自己的小屋里?"他用嘶哑的声音质问,"哪个是白人巫医男孩?我想和他说几句话。"

这是尹塔莫。三人几乎同时认出了他,明白了他为什么而来,为什么手中带着圆头棒。

"我就是。"多克回答,"你找我有什么事情?"

尹塔莫唯一的应答就是向前一步,挥舞起自己的棍棒。迪克尖叫一声,站了起来,蹿到了尹塔莫和多克之间。他抓起短矛,

逃出生天 | 059

在头顶上方挡住了尹塔莫邪恶的棍棒。圆头棒与结实的木矛尖撞击在一起,滑到了一边。但是尹塔莫用强健有力的胳膊将少年推到一边,又再次举起了他的棍棒。

就在这千钧一发之际,一个猎豹般敏捷的身影,如同丛林猛兽一般灵活凶猛地跳起来,扑向尹塔莫的胸膛,将巫医扑倒在地上。只见肌肉发达的胳膊两起两落,刀锋也在忽明忽暗的篝火下闪现了两次。然后尤克铎站了起来,尹塔莫却一动不动躺在倒下去的地方。

"好尤克铎!"迪克啜泣着断断续续地说,因为他知道多克差点命丧黄泉。

"你们每个人都救了我的命。"多克说,"哦,天哪,我真不知道该怎么说。"

"无须多言。"迪克建议,"无论如何,我们还处在凶险之中。"

"现在我们最好离开这里。"尤克铎说,"你已经制作好对抗丛林恶魔的药丸了吗?"

"非常厉害的药丸。"多克回答,"你已经看到了,我的药丸比尹塔莫的厉害多了。他本是要来这里杀我的,结果自己被杀死了。"

"是的,我看到了。"尤克铎承认。

按照事先的计划,他们靠近栅栏,沿着村庄小屋的后面蹑手蹑脚地走着。迪克在前面带路,尤克铎紧随其后,最后是多克。他们不得不非常安静地行动,以免惊醒村里的野狗,它们的狂吠很容易唤醒整个村子的人。三人行进得如此缓慢,一次只能走一米左右,还要安静地站几分钟。这是一项进展缓慢、令人心惊胆战的工作。布拉拉被关的小屋虽然只有几百英尺远,但是感觉却在千里之外。

时间仿佛静止了一般漫长,三人终于到达了布拉拉的小屋。

男孩们在小屋外等着，尤克铎蹑手蹑脚走在前面，进入了小屋。

然后又是一场漫长的等待，每一分钟都被无限地拉长。仿佛过了几个世纪之久，终于小屋里传来了微弱的"窸窸窣窣"声。几分钟之后，尤克铎和布拉拉蹑手蹑脚地来到他们身边。布拉拉之前已经认定，没有任何人会将自己从可怕的命运中挽救出来，现在他完全沉浸在喜悦之中，他用沉默表达了自己的感激之情。四人很快就朝着村庄的大门走去。

在这里他们遇到了一个严重的障碍。大门被链条拦了起来，而链条则被一把旧式的锁给锁住了，如同奴隶主常用链条锁住可怜的奴隶的脖子一样。

此刻，他们为自由而逃跑的尝试，仿佛在刚开始就注定失败了。男孩们在检查锁链时，多克发出了一声放松的叫声。原来他发现，由于原始人天生的惰性，巴嘎拉人把结实的链条的一端，用草绳绑在了栅栏上，这根链条的威力就大打折扣了。

多克一刀就割开了绳子，锁链"哗啦"一声掉在了地上。这一声使他们之前的努力都白费了，因为它惊醒了附近的一条野狗。这条野狗发疯似的狂吠，很快这个村子里其他的野狗都响应起来，感觉有上千条狗在撕心裂肺地咆哮着。

四人一起用力推大门，希望可以把它推开，然而此时门却被卡住了。迪克看到一个武士从小屋里出来了。这人大声地发出警告，朝着他们飞奔而来。很快整个村子里挤满了凶恶的黑人，纷纷挥舞着长矛跑过来。带着充满绝望的愤怒，四人用力地撞击摇摇欲坠的障碍物。门终于应声倒下，他们迅速地陷入门外无边的黑暗之中。

虽然从空地进入黑色的丛林有一段距离，但四人被后面紧追不舍的死亡所威胁，为了避免被拖回可怕的命运，他们的脚下如

逃出生天 | **061**

同长了翅膀一样，只用了几分钟的时间就到达了丛林。

在村子大门外数英尺处，巴嘎拉人停了下来，因为没有药丸来确保他们免受丛林和黑暗恶魔的邪恶影响。

巴嘎拉人站在原地，对着沿弯曲丛林小路蹒跚而行的四个逃亡者，大声喊着威胁和侮辱的话语。然而这些话语并不能伤害他们，也不能把他们带回来。没过多久，嘎啦嘎啦就带着他的族人回到村庄，关上了大门。

"明天，当黎明第一缕阳光照进森林，我们就出发把他们带回来。晚上丛林里有觅食的狮子，路上有埋伏的豹子，他们不会走得很远的。"嘎啦嘎啦悻悻地说。

Chapter 12
胜利会师

精通丛林生活技能的尤克铎,带领着这小队人马,以别人从未尝试过的方法前进。他并不沿着别人走过的道路,而是靠天生的直觉去寻找可能的捷径。那是一条爬行动物才能发现的路,那就是直接穿过一堆看似无法穿透的缠绕在一起的植物。他们在沉默中行走了半个小时,尤克铎停了下来。

"狮子!"他小声嘀咕着,"狮子来了。到树上去!"

迪克和多克既没有看到任何东西,也没有听到任何声音。他们紧紧跟随着彼此,通过肢体碰触到前面的人来保持联系。虽然知道自己四周都是树木,但是他们却什么都看不到。周围漆黑一团——绝对是伸手不见五指。他们站起来,四处摸索。

"快点!"尤克铎发出警告,"狮子来了!"

他们听到矮树丛里传来"窸窸窣窣"的声音。多克的手指摸到一棵大树的树干。"这里,迪克!"他低声说,"这里有一棵树!

这边!"他感觉到迪克摸到了自己。矮树丛里的声音似乎距离他们很近。

"爬上去!"迪克说,"我已经找到树了。快点!"

多克试着爬上这棵树,但是却无法用双臂抱住树干,迪克也遇到了同样的难题。他们想在漆黑之中寻找一根树枝,却一无所获。可怕的咆哮仿佛就在耳边。迪克意识到野兽就在他们的前方,决定听从直觉行事。他转向看不到的野兽,双手紧握长矛,朝着骇人咆哮声传来的方向,猛地刺过去。几乎同时,他感觉到一个笨重的躯体在撞击着武器。一个庞然大物向他扑来。狮子蹿进了多克身旁的灌木丛,发出一声震耳欲聋的巨响,整个大地都在颤抖。紧接着又传来一阵骚动声,仿佛有十几头狮子在与猎物搏杀。

"迪克!"多克大喊,"你还好吗?"

"是的,你呢?"

"当然!快点!我找到了爬到树上的办法。这边!在这边!"

在他们无法攀爬的大树旁边,多克发现了一棵小树,迪克摸索着向多克爬去。很快两个男孩就爬到了高处,愤怒的狮子在灌木丛中转来转去,发出撕心裂肺的嚎叫声。通过大声喊叫,男孩们很快确定尤克铎和布拉拉也在附近的树上。他们无法看到彼此,经过短暂讨论,四人决定就待在原处不动。等到天亮之后,他们就趁早出发,加速前往尤克铎的部落。尤克铎承诺,在那里所有人都会受到温暖而热情的欢迎。

不久狮子就停止了嚎叫,男孩们终于获得了片刻的安全和舒适。他们可以趁机小睡一会儿,因为等待他们的将是漫长的一天。被囚禁了数周,加上粗陋的食物,男孩们虚弱的身体已经无法承受太多劳累了。迪克仍然挂念着自己的长矛,狮子扑向他的时候,被撞飞出去了。

黎明终于到来了。破晓时分的第一束光线刚刚洒落下来，尤克铎就开始催促他们继续前进。他推断巴嘎拉人一定会追踪而来，直到追到乌加拉边境为止。

迪克和多克争先恐后地爬下来，寻找迪克的长矛。首先映入他们眼帘的是一头硕大的黑鬃狮子的尸体，失踪的武器赫然插在狮子的胸膛上。

"天哪！"多克惊呼着，"你杀死了它，迪克！你杀死了一头狮子！"

吃惊的迪克被大家的赞美包围了。众人匆忙检查了一下，得出了这个意外事件的唯一解释。跳着扑向迪克的狮子，在黑暗中错误判断了距离，跳得有些过高了。迪克无意间掷出的长矛，恰好准确插入了狮子的肺部。此后狮子疯狂挣扎，试图把武器弄出来，结果把长矛转移到了自己的心脏。

"天哪！"迪克大喊，"我真想把狮子一起带走，哪怕仅仅是它的头。"

"把狮子的尾巴割下来。"多克建议道，"一个小时之后，你就会觉得自己在拖着一整头狮子前进了。"

迪克带走了尾巴，把它当作自己第一次狩猎的战利品。四人继续前进，在尚未完全天亮之前，已经感觉到饥肠辘辘、疲惫不堪了。

四人行进的速度非常缓慢，因为男孩们无法快速地行走。他们赤裸的双脚伤痕累累，鲜血直流。锋利的荆棘仿佛是有意伸出来抓男孩一样，他们裸露在外的皮肤也被撕裂划破了。

中午时分，四人到达了一块空地。在这里行走变得容易了很多，男孩们也逐渐提起了精神。阴森的丛林会让人产生一种压抑感，而这种感觉往往会持续数日。开始四人并没有意识到这一点，直到他们来到这块相对开阔的空地。

"天哪!"多克大喊,"这仿佛是一个漫长假期的开始。"

"我知道我们马上就会平安无事了。"迪克说。就在此刻,六十个脸上涂满颜料的巴嘎拉武士从灌木丛里蹿了出来,将他们围住。四人惊慌失措地四处张望,他们已经被层层包围,无路可逃。

"我们要战斗吗?"多克喊道。

"当然!"迪克回答,"布拉拉!尤克铎!你们要和我们一起战斗吗?如果我们被抓住,就只有死路一条。"

"我们最好是战斗而亡。"尤克铎答道。

多克搭好弓,射向迎面而来的武士。然而由于技艺生疏,这支箭在空中划了一个优美的弧度,直接插入了距离多克几码远的地上。巴嘎拉人发出一阵嘲笑,继续向前发起进攻。迪克也射出了一箭,但是在搭着箭尾的弦槽处,他的手滑了一下,箭直接落在了地上。尤克铎的射箭技术就熟练多了,他将弦用力往后拉,然后箭就深深地插入了一个大喊大叫的巴嘎拉人胸膛里。巴嘎拉人停了下来,对着四人疯狂地跳着舞,发出侮辱的喊叫声。

"他们为什么不向我们射箭呢?"迪克问。

"他们想活捉我们。"布拉拉说。

"要不了多久,他们就会从四面八方发起进攻。"尤克铎预言道,"我们可以杀死一些巴嘎拉人,但是最后我们还是会被活捉。"

迪克扔掉了自己的弓,备好矛站在原地。多克也以他为榜样。"无论如何,我向来不喜欢老旧的弓箭。"他说。

"他们来了!"迪克发出警告,"永别了,多克!"

"永别了,迪克!"他的表弟回答,"不要让他们活捉了你!"

"天哪!又来了更多的讨债鬼!"迪克惊呼。

果不其然,来者似乎是一群名副其实的强大武士。这些武士

胜利会师 | 067

看上去冷酷野蛮,从附近的森林里蜂拥而来。

"他们不是巴嘎拉人。"尤克铎说。

"看!"多克喊,"领头的是个白人。"

"那是人猿泰山——丛林的主宰和他强大的瓦兹瑞武士!"尤克铎大声嚷着。

"泰山?"迪克呼喊着,"是的,是人猿泰山。我们得救了!"

瓦兹瑞勇士发出愤怒的作战呐喊,巴嘎拉人闻风丧胆,纷纷调转方向。一看到泰山和他的勇士们,巴嘎拉人立刻陷入混乱之中。

他们早已经将猎物抛诸脑后,一心只想逃跑了。因为人猿泰山的力量和愤怒在丛林里早就无人不知了。

巴嘎拉人如同受惊的兔子一般,匆忙跑进丛林之中。瓦兹瑞武士紧随其后,不计其数的箭和长矛如雨点般洒落在巴嘎拉人之中。当他们从空地上消失之后,泰山走向男孩们。

"感谢上帝,让我找到了你们。"他说,"我没有想到你们可以在危机四伏的丛林中活下来。当我看到你们勇往直前地与巴嘎拉人战斗时,就知道为什么你们可以生存下来了。你们是勇敢的孩子!在丛林中,只有勇者方能生存,我为你们而自豪。"

尤克铎和布拉拉早已跪拜在丛林之王面前,现在泰山注意到了他们。"他们是谁?"他询问。

"他们是我们非常好的朋友。"多克说,"如果没有他们的帮助,我们也许永远也无法逃出来。"

"他们应该受到奖赏。"泰山说,"你们两个也应该受到奖赏。明天我们到家之后,你们最想得到什么?"

"一整块苹果派。"多克说。

下部

Chapter 1

重返丛林

"天哪,这绝对是个庞然大物,不是吗?"迪克大声嚷道。

"哎呀,这难道不是头野兽吗?"多克喊着,"我敢打赌,它差不多能够杀死一头大象。"

"它叫什么?"迪克问。

"它是杰达·保·贾。"泰山回道。

"那头金色狮子!"多克高呼,"不会吧,真的是它吗?"

"不错,它正是金色狮子。"泰山肯定了他们的猜测。

此时,三人正站在一个坚固的笼子前面。这个笼子就在泰山非洲小屋的后面。迪克的父亲是泰山的远房亲戚,所以两个男孩踏上了探亲的旅程。不幸的是,途中火车脱轨,两个男孩在丛林中迷路。他们被野蛮的巴嘎拉食人族俘获,历尽艰险,狮口逃生,才有机会来到泰山非洲的家园。

他们的母亲是一对双胞胎,加上两个男孩如此相像,他们在

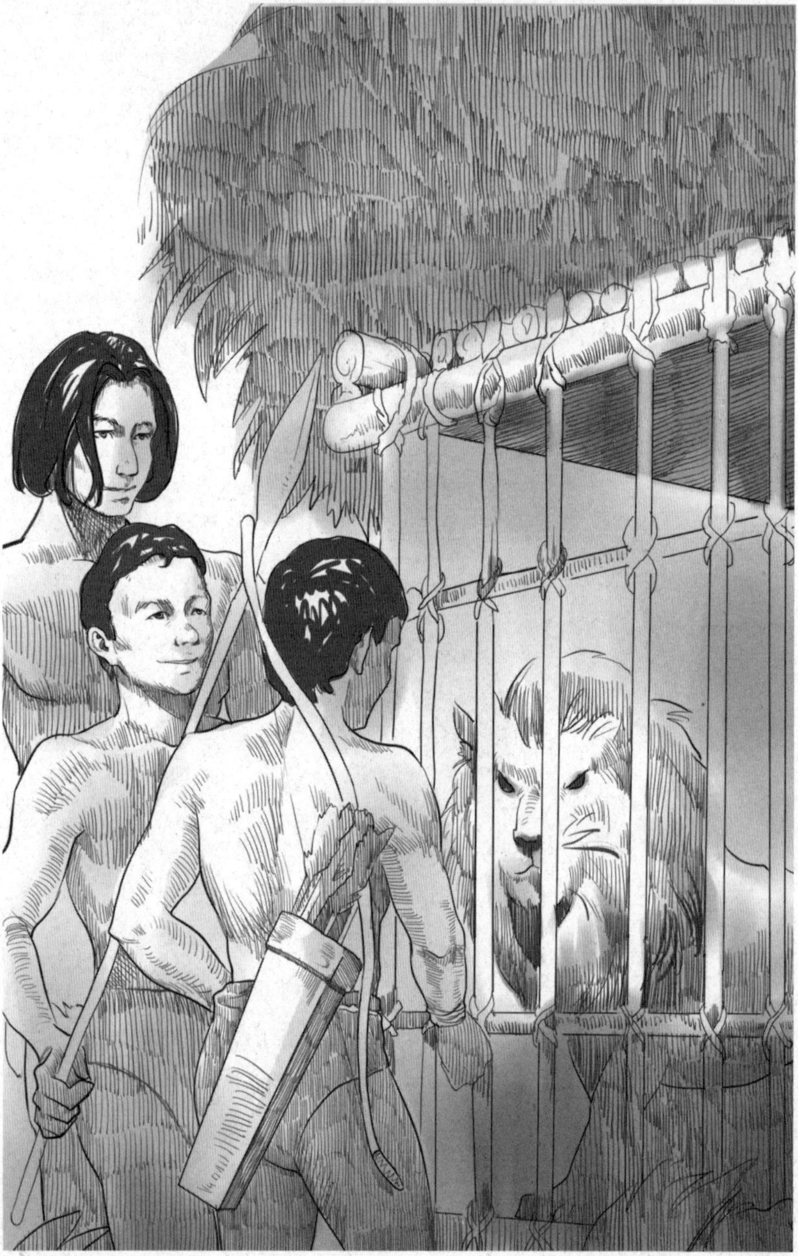

就读的英文学校被同伴们称为"泰山双胞胎"。

然而事实并不仅仅于此。

双胞胎姐妹中的一位嫁给了美国人,生活在自己的国家,这是多克的母亲。另一位则横渡大西洋,嫁给了英国人,在英国定居,这是迪克的母亲。虽然相隔万里,两个男孩却在同年同月同日出生了。

终于,在经历了极少数男孩才能遇到的种种艰险之后,迪克和多克获得了大名鼎鼎的人猿泰山的庇护。与此同时,他们开始跃跃欲试,期待体验更多的有趣经历。他们确信从此以后自己必将安全无虞,再也不会经历刚刚逃脱的那种困苦险境。

两人都不觉得有什么遗憾,因为他们还是普普通通的男孩。像所有喜欢冒险的男孩一样,他们也发现,在跨越了某条界线后,冒险就不再充满乐趣。这条界线就在食人族煮肉锅子安全的一侧。

不论是迪克和多克,抑或是我们,都没有预见未来的能力。

人猿泰山打开了锁住狮子笼子的插销,这时多克小心翼翼地问:"哎呀,你不会把它放出来,对吧?"

"为什么不呢?"泰山回答,"我在家的时候,除了晚上,它很少被锁起来。如果不是人们对狮子有一种天生的恐惧,我完全没有必要这么做。狮子不锁在笼子里,人们晚上甚至不敢冒险走出自己的屋子。"他补充说,"还有一件他们永远记得而我却经常忘记的事,那就是——毕竟,狮子永远是狮子。对我而言,杰达·保·贾是一位感情深厚的朋友和伙伴。有时我甚至忘记了:它不是人类,而我不是狮子。"

"它看上去凶猛无比。"多克说。

"它不会咬我们吧?"迪克问道。

"和我在一起的时候,除非有我的命令,它不会伤害任何人。"

重返丛林 | 073

泰山一边回答，一边把笼门打开了。

这头黄褐色的庞然大物雄赳赳地从笼子里走出来，迪克和多克吓得像兵马俑一般僵硬地站立着。泰山用一种男孩们听不懂的语言对狮子说着什么，狮子睁大令人恐惧的、黄褐色的滚圆大眼睛，上上下下地打量着他们。杰达·保·贾一边向前走，一边用鼻子嗅了嗅男孩们的衣服和手。

"我正在告诉杰达·保·贾，你们是我的朋友。"泰山耐心地向孩子们解释，"至少，它一定不可以伤害你们。"

"我希望它能听懂你的话。"多克半信半疑地说，泰山微微一笑。

"我们一起去散步吧，"泰山提议，"不用多久，你们就会对狮子习以为常了。不要关注它，除非狮子靠近你，用头来蹭你，否则不要抚摸它。不过杰达·保·贾应该不会这么做。用头蹭人是它表达对我和家人亲昵感情的方式——目前还没有授权其他人享用。"

"不要担心，"迪克说，"我一定能忍住不碰它。"

"杰达·保·贾是什么意思？"多克问。他们三人一狮穿过大门，走向了绵延起伏的草原。草原向外延伸出去，一边是连绵不断的山峰，另一边是蜿蜒无尽的丛林。

"它来自保·罗·丹族语言。"泰山解释道，"'杰达'代表'这个'；'保'在他们的语言里面代表'金子'或'金黄色'；'贾'是'狮子'的意思。我从保·罗·丹部落逃回家时，发现了它，它的母亲已经去世，小小的幼兽躺在母亲尸体旁边。在那时，它就已经拥有了与众不同的金色毛发。保·罗·丹族的语言，一直清晰地留在我脑海中，所以我给它取名'杰达·保·贾'——金色的狮子。"

在步行途中，男孩们问了泰山无数个问题，泰山尽其所知，非常耐心地一一作答。他的回答精彩绝伦，因为孩子们的问题大多数是紧紧围绕着泰山在丛林中的生活。对于他们来说，这似乎是世界上最有趣的话题。

"你们打算做点什么？"泰山问，"我们有整整一天的时间。"

"我应当到丛林里走一趟。"迪克充满向往地说。

"我也是。"多克附和着。

"我还以为你们两个已经厌倦了丛林呢。"泰山大笑。

"那里有一种说不清的魔力。"迪克回答，"我对丛林，既充满恐惧，却又想再回去探寻一番。"

"我当然想和你们一起去。"多克崇拜地看着泰山，"步行到丛林大概要多长时间？"

"大概两个小时。你们能承受这来回的奔波吗？"

"我们能不能？我的回答是能！"迪克激动地大叫起来。

"你呢，多克？"泰山问道。

"那还用说嘛！"

"好吧。"泰山说，"今天晚上如果我们不想回来的话，也没必要赶回来。丛林会为它的子民提供食物和栖身之所——还有自由。这就是我喜欢丛林的原因。"

"我们出发吧。""泰山双胞胎"几乎是异口同声地说。

泰山点了点头，带着他们出发了。

他们兴高采烈地穿过辽阔的草原，巨大的狮子紧随着自己勇猛的主人。泰山讲述的有关丛林传说的每一个字，两位小伙子都竖起耳朵倾听着。

泰山和"双胞胎"都缠着腰布，绑着头巾。他们每人都携带着最简单、最原始的武器——一把弓、一些箭、一支矛和一把刀。除此之外，泰山还带了一根草绳，这个多年以来的习惯仿佛已经成了泰山生活的一部分。

被食人族俘获后，迪克和多克的衣物被洗劫一空，而他们的行李箱仍然滞留在火车终点站。因此除了穿上原始人的装扮，他们别无选择。然而实话实说，他们不仅对这些装扮非常满意，而且开始对象征着软弱文明的长裤和衬衫有些嗤之以鼻了。

与食人族的朝夕相处，加上在丛林中的一次次战斗，男孩们已经习惯了尽可能减少装饰。他们年轻的身体也变得愈发强壮，以便对抗原始社会的严酷。

他们怀着欢快的心情，充满期待地走出草原，进入神秘幽暗的非洲丛林。

有了巨人的安全庇护，加上雄狮相伴左右，他们早将恐惧抛到九霄云外。

Chapter 2

狂风暴雨

在泰山的带领下,他们逐渐深入到丛林腹地。头顶上方,猴子玛努不停发出"吱吱"叫声,充满了斥责之意。原来它在责备泰山把金狮带入丛林,扰乱了它平静的生活。然而,不论是泰山,还是金狮,对于这个小猴子的存在都毫不在意,继续前行。现在两个男孩却注意到泰山突然变得沉默起来。他的回答极为简短,或者压根就忽略了他们的问题,而且表情相当严肃。他偶尔密切地注视着金狮,偶尔停下脚步,用力吸气,辨别空气中的味道或者侧耳倾听,捕捉各种声音。

片刻之后,他把脸转向两个男孩。

"今晚的丛林似乎有些不对劲。"泰山道,"你们注意到了吗?杰达·保·贾已经变得紧张不安,察觉到了一些我还没有察觉到的情况。狮子对风的感知比我们敏锐,毕竟,它是食肉动物,自然更善于辨别味道。在我离开调查的这段时间,你们和杰达·保·贾待在此地,不要走动。也许只是虚惊一场。一场暴风雨即将到来——半个小时之前,我就感知到了。也许是将要到来的暴风雨刺激了金狮的紧张神经。无论如何,一个人要想在残酷的丛林中活下去,就必须对形势做出准确判断,而不是仅仅靠猜测。"

两个男孩瞪大眼睛,看着身形高大的泰山在较低的树枝之间轻松地荡来荡去。转瞬之间,就只剩下他们和这只"大猫"留在这丛林之中。金狮紧张不安地走来走去,偶尔用它那滚圆的黄色眼睛盯着他们。但是那双看上去极为凶残的眼睛里却充满了友爱之意,仿佛在安抚这对"双胞胎"的情绪。

"哎呀,"多克惴惴不安地说,"我真希望泰山把它一起带走。"

"泰山把它留下来,是为了保护我们,你这个可怜的傻子。"迪克打断了多克。但是他颤抖的声音,却明白无误地暴露了自己的恐惧不安。

"好吧,但是我忍不住会想起泰山的话,尤其是关于狮子的话。"

"没有泰山的命令,狮子不会伤害任何人。除此之外,还有什么其他的?"迪克问。

"是的,机灵鬼。但那是泰山和狮子在一起的时候。当然,这个不是我印象最深刻的。"多克反驳说。

"嗯,那么,你印象最深刻的是什么呢?"

"泰山说:'毕竟,狮子永远是狮子!'"

"你记住的居然是这些东西!"迪克咆哮起来。

"我相信,"多克说,"我爬上这棵树,仅仅是为了好玩。"

"胆小鬼!"

"我才不是胆小鬼呢!我一点也不害怕。我只是想练习一下爬树的本领而已。说不定什么时候,这个本领就能派上用场,尤其是在这丛林里。"

"如果狮子不同意我们爬树呢?"迪克朝着杰达·保·贾的方向点了点头。

"狮子为什么不同意我们爬树呢?"多克问。

"嗯,如果它想起自己是一头狮子,而且饥渴难耐的话。对它而言,不想让我们爬树,这是一个相当不错的理由。"

"好吧,至少我没有把这个想法说出来。"多克反驳。迪克一言不发,陷入沉默。

金色狮子焦躁不安地来回走动,显而易见,它此刻非常惶恐。硕大的脑袋高高昂起,两只耳朵向上竖起,眼睛注视着泰山消失在丛林里的方向。它回转身体,围着一个圈,大步旋转,发出低沉的哀鸣声。

突然,狮子的黄色眼睛落在两个男孩身上。它张开血盆大口,露出了巨大的利齿,发出一声低沉的咆哮声。

"它这是想干什——什么?"多克嘀咕着。

"也许,它在尝试和我们进行交流。"迪克猜测。

"我真希望能够明白这吼声是恐吓还是承诺。"多克开始觉得忐忑不安,对不确定的未来充满了恐惧。

"也许我们最好爬上这棵树。"迪克低声说,"如果我们爬得够高的话,或许就能看到泰山。"

"你先爬。"多克说。

"不,"迪克劝道,"你先爬——这可是你的主意。"

"但是狮子看到我在逃跑的话,就可能去抓你了。"多克暗示。

"那让我告诉你,我们应该怎么做。"迪克说,"这里有两棵粗细差不多的大树。你假装若无其事地走到其中一棵前,等我喊'爬'的时候,我们就拼命往上爬。你觉得这个主意怎么样,要不要这么做?"

"要我说呀,应该是'跳'上去,越快越好。"这就是来自多克的回答。

"看!它正在往别的方向看。现在就是最佳时机!"

两个男孩,眼睛斜向肩膀,惊恐地瞥了一眼狮子,缓慢地朝着各自的大树走过去。他们如此惶恐不安,谁又能责备他们呢?这也难怪——在充满凶险的丛林中,一头没有任何束缚的野狮绝对是令人毛骨悚然的动物。事实上,如果有些人遇到这种情况,早已经吓得浑身发抖、毫无抵抗之力,瘫软在地上,等待野兽过来吞噬自己了。

杰达·保·贾听到孩子们的脚步声后,将可怕的眼神落在了男孩身上。多克不禁倒吸了一口凉气,迪克紧张地想要咽下口水,却发现嗓子早已经冒烟了。距离他们各自选定的目标,仅有几步之遥了。然而现在最大的困难却是,如何保持继续爬上去的意念。

杰达·保·贾疑惑地看着他们,然后朝他们慢慢地走了过来。现在他们都已经站在了各自要爬的大树底下。

"爬!"迪克大喊。转眼之间,他们两人都已经顺着树干,飞一般地爬起来。

杰达·保·贾停下了脚步,默默地注视着他们。在它那布满皱纹的脸上,是一副充满惊愕的表情,又略带一丝悲伤。当男孩们终于爬到相对安全的树枝,在远离地面的空中往下看时,发现狮子半蹲在地上,目不转睛地向上看着他们。

"看哪!"迪克大喊起来,"我就知道,狮子不会伤害我们的。它根本就没有阻止我们。天哪!但是你确确实实是个胆小鬼。当泰山回来的时候,我可不愿他看到我们躲在上面。"

"好吧,如果你那么勇敢的话,那就爬下去。不管是哪个人看到我在这里,我都不在乎。我情愿待在树上,起码安然无恙;也

080

不愿意留在地上,被撕得四分五裂。"

"噢,它甚至都不会伤害一只跳蚤。"迪克坚持己见,"看看它。"

"或许它不会伤害跳蚤,但是我比跳蚤美味多了。"

"不管怎么说,你就是没有勇气。"迪克对他冷嘲热讽。

"好吧,不用这么多废话了。你为什么不下去陪着狮子玩玩呢,亲爱的表兄?"

"我想,我会的。"

多克哑着嗓子大笑。

"好吧,看我的!"迪克大喊一声,做出要爬下去的样子,动作极为夸张。

多克眼睛一眨不眨地看着他。迪克用双手紧紧抱住树干,从自己所在的树枝滑动了一下,打算滑到地面去。

"哦,不要,迪克,"多克哭喊起来,"请不要下去。最好不要冒险。"

"那好吧,"迪克说,"如果你不想我下去的话,我就不去了。"说着他又爬回了自己的树枝,安全地蹲坐在那里。

"哎呀,天色越来越暗了!"多克惊呼,"你是否想过我们会等到这么晚?"

"这一定是泰山所说的那场要来的风暴吧?是的,往上看!"

透过头顶上茂密树叶的缝隙,可以看到愤怒的乌云正如巨浪般汹涌地朝森林压来,丛林变得更加阴沉昏暗了。一切仿佛屏住了呼吸,变得悄无声息,大自然的心脏似乎随时可能停止跳动。树顶仿佛被一只巨大的手掌用力摁下,变得扭曲变形,然后它们又挣扎着反弹回去。狂风发出阵阵刺耳尖叫,树木疯狂摇动来对抗压下来的乌云。令人目眩的闪电划过天空,震耳欲聋的雷鸣随后而至,紧接着,大雨倾盆而下。落下来的不是一点一滴的雨滴,而是如同飓风口中吐出的泡沫，大块大块铺天盖地洒下来。

两个男孩的距离，不过只有二十英尺。他们扯破嗓子大喊，让对方知道彼此是否安好，然而，这一切都是徒劳的，他们既看不到对方，也听不到对方。

粗壮的树枝，被从大树上撕扯下来，抛到空中。丛林的主宰将一些较小的树连根拔起，发疯似的甩到地面上，整个森林一片狼藉。

迪克和多克吃力地紧贴着摇摇欲坠的树枝，心想对方已经葬身于暴雨之中，而自己也马上会追随而去。任何生命想在威力无穷的大自然狂怒中存活下来，希望都是极为渺茫的。

风暴肆虐了一个小时，逐渐减弱，倾盆大雨还在继续，狂风依然在饱经创伤的丛林中哀鸣，无边无际的黑暗也慢慢露出了亮白色。

因为刺骨的寒意，两个男孩浑身瑟瑟发抖，耷拉着头，雨水无情地敲打着他们裸露的后背。等待他们的是什么？他们对此一无所知或者说不敢去想。

两个男孩都以为自己是唯一的幸存者，就连泰山也已经遇难或者在这可怕的风暴中受了伤。每个人都在怀疑——自己是否还能找到回小屋的路。

迪克抬起头，无助地向四周张望。透过昏暗的雨丝，他无限悲伤地看着风暴到来时，多克所在的那棵大树。蒙眬中，他看到一个身影痛苦地站立起来，尝试躲避暴风雨的袭击。

"多克！"他大喊道。

那个身影仿佛被电击中了，马上站直并转过身来。

"迪克！"

"天哪！"迪克大喊，"我还以为你已经没命了。"

"我也以为你已经没命了。我拼命喊你名字,差不多要一个小时了。"

"我从未听到过你的声音。你没有听到我喊你吗?"迪克惊讶地说。

"没有。在这个狂风暴雨的森林里,没人能听到什么声音。你听到过这种风暴声吗?"多克问。

"应该说没有,我以后也再不想听到了。"

"现在应该怎么做?"多克问,"你觉得泰山会找到我们吗?"

"他能,如果——"

"如果什么?"

"如果他还活着的话。"

"天哪,难道你认为——"多克迟疑着问。

"真不知道我们该如何活下去,"迪克说,"感觉整个森林都要塌下来了。"

"我好冷。"多克说。

"我已经快冻僵了。"迪克附和说。

两个男孩浑身发抖,牙齿打战。"我们不能一直在这里坐以待毙,迪克。"

"那我们应该做什么?"

"我们必须继续前进,得让我们的血液流通起来。"

"你认为我们可以找到回小屋的路吗?"迪克问。

"来的时候,我根本没有注意方向。"多克承认,"我全都靠着泰山。现在我们必须行动起来了。我们不能一直坐在这里,否则就要死于肺炎了。我们行动起来吧。"

两个男孩不约而同地搜寻着树下的地面,然后满脸疑惑地看着彼此。

"你看到金狮了吗?"迪克问。

"没有,"多克回答,"你觉得它走了吗?如果没有的话,它在哪里呢?"

"金狮或许隐藏在灌木丛里。"

"哦,好吧,"多克说,"如果你不再害怕的话,我们或许可以下去了。"

"我觉得我应该练习如何在树木之间穿行。"迪克说。

即使现在是饥寒交迫,迪克还是忍不住咧嘴笑了。

"好吧,"多克同意了,"我会和你一起练习。我们应该走哪一条路呢?"

Chapter 3

太阳崇拜

　　暴风疾雨中,二十个可怕的人瑟瑟发抖,挤作一团,互相取暖。风雨欲来之时,他们匆匆忙忙搭建出一个简陋的遮雨棚。此时,他们正蜷缩在这个简陋的棚子里躲避暴雨。

　　杂乱无章的头发遮住了他们的头和脸,几乎无法看到他们邪恶的眼睛。黑色的毛发稀稀拉拉地覆盖在他们畸形的躯干、大猩猩一样的长胳膊和短小扭曲的粗腿上。

　　他们身材扭曲,有些驼背,眉毛很低,面孔像野兽一般。他们看上去像侏儒或者地精,然而却不是。他们是人类——某种退化的、等级较低的人类,应该是由人猿的一个分支进化而来的。

　　这二十人是被欧帕黄金城驱逐出来的。自从邪恶的卡德加大祭司去世以后,太阳神的女祭司拉获得了统治权。

　　他们曾经是卡德加的追随者,也背叛过拉。所以卡德加去世后,他们不得不逃离欧帕,在荒无人烟的丛林中流浪,希望可以找到一处隐秘的地方，重新建造新的神庙。

在寒冷潮湿的晚上，他们蜷缩在一起，互相取暖。黎明的第一缕曙光刚刚照进丛林，他们一个个就开始骚动起来，四处张望。

盖伦姆是第一个站起来的，他的手中拿着一根弯弯曲曲的棍棒，粗壮的腰间系着一根皮绳，上面别着一把粗糙的刀子。在突兀的眉毛下面，一双邪恶的眼睛不停地扫视着四周。他将脸转向东方，雨已经停了，天空万里无云。

盖伦姆用脚踢了踢周围的人。"起来，"他命令道，"起来，准备迎接太阳神的到来！神为我们带来了崭新的一天。"

他的同伴们动了起来。如同野兽一般，他们一个个懒懒散散地站了起来，有些发出了动物般的嚎叫。太阳在东方冉冉升起，天色越来越亮。仿佛刹那之间，黑夜的最后一丝残余被阳光赶走了。这二十个笨拙肮脏的人完全暴露在阳光之下。但是那一个生物是什么东西呢？不同于这些长相丑陋、在臭烘烘的泥潭里挤作一团的太阳崇拜者们，她的躯体和四肢是对称的，即使身上沾满了泥浆，却难掩她雪白的皮肤。暗淡无光的头发遮住了她匀称的头部，不同于周围那些粗糙黑色的头发，她有柔滑闪亮的金发。

被身边的人碰了一下，这个生物僵硬而痛苦地站了起来——这居然是一个女孩，一个金发的白人女孩。

"快点！"盖伦姆命令。

两个可怕的男人抓住了女孩，将她从棚子里拖到一块空地上。盖伦姆指向东方，女孩机械迟钝地面向升起的太阳，一动不动地站立着。

在她身后，二十个太阳崇拜者面向东方，虔诚地跪在泥土之中。当伟大的红色天体从看不见的地平线缓缓升起的时候，盖伦姆带领他们唱起一首奇怪而野蛮的赞美诗。

身处浓密丛林的腹地，他们实际上无法看到升起的太阳。盖伦姆为晨间仪式安排的时间，尽可能地与太阳升起的时间一致。

简短的仪式结束之后，这群人把注意力放在了早餐上。由于刚刚袭来的大雨，他们所有的东西都被水浸透了，无法生火。这群野蛮人从肮脏的腰布里拿出一点点肉——之前加工过的半生半熟的肉，蹲在泥坑中，吃起了冰凉粗陋的早餐。

盖伦姆一边吞咽着食物，一边转向一个同伴说："还有多远才能到达你找到的地方，贝尔克？"他追问，"就是可以建造新庙，进行礼拜的地方？"

"一天，或者两天的行军。"出身卑微的贝尔克冷漠地答道。

"一定不能太久。"盖伦姆说，"如果我们不能尽快为太阳神建造神庙，进行祭祀的话，就会激怒他。神就会摧毁一切——包括我们每一个人！"

"我们为神找到新的祭祀品了吗？"另一个人问道。

盖伦姆附和说："是的，一定要找到祭祀品。太阳神必须要享用祭祀品。神指望着盖伦姆——他的大祭司，为神提供食物。那么盖伦姆就指望着你们——太阳神的小祭司，为神寻找祭祀品并带回来。卡德加死后，拉背弃了世代相传的献祭习俗，现在只有我们来侍奉太阳神了。神非常愤怒，我们被欧帕驱逐后所遭遇的这些苦难，都是神不满意的后果。恐怕昨天的暴雨，就是神不再对我们仁慈的信号。盖伦姆相信，我们将和整个世界一起被摧毁掉。神已经答应让我们再多活几天，这是神给我们的又一次机会。但这也是一个信号——一个我们再也不能忽视的信号。太阳神必须拥有祭祀品，如果没有人能够找到祭祀品，那么我们当中的一个人就要成为祭祀品。"

他的眼睛在同伴之中扫视着，眼神中充满了残忍——那双眼睛里疯狂燃烧着宗教的狂热火焰。

乌鲁普肌肉抽搐着,向小女孩瞥了一眼。

"为什么不是她呢?"他问道。乌鲁普深知,如果必须要从自己的队伍里挑选祭祀品的话,不受盖伦姆待见的自己,就极有可能被选中。

"不!"盖伦姆尖叫着跳起来,把乌鲁普打倒在地。"谁敢伤害太阳神的女祭司,就必须死。"

乌鲁普挣扎着站了起来,飞快地跑开。

"我并不想伤害她,"乌鲁普喊道,"我只是问了个问题。"

"不要再问问题了,"盖伦姆警告说,"以后不许再问任何问题。"

"不会了。"乌鲁普承诺道。

"我倒要看看,你还有没有这个机会。"盖伦姆肯定了他的猜测,"如果我们不能尽快找到合适的祭祀品,那么就选你了。"

盖伦姆咆哮了一阵,然后就陷入了沉默。

乌鲁普蹲在泥潭之中,狼吞虎咽地吃着自己的早餐。即将到来的死亡威胁丝毫没有影响他的食欲。无论如何,他并不想死,他狡猾残忍的脑子里充满了乱七八糟的鬼主意。他在绞尽脑汁地想办法,如何把盖伦姆对自己的厌恶转移到其他倒霉鬼身上。

野蛮人在吃东西的同时,这个小女孩也在吃早餐。从破旧蓬乱的衣服口袋里,她取出一点煮熟的肉,这是她从上一餐里省下来的。

无法抵抗的饥饿感已经击破了人类对体面讲究的最后一道防线,像所有饥饿的动物一样,她也需要吃东西活下去。虽然这些又冷又硬、半生不熟的肉没有什么口感可言,却是她赖以生存的食物。

虽然满身尘土,脸上充满了饥饿和苦难的痕迹,这都无法掩盖金发女孩的美丽。她确实很美,虽然有些面色苍白、身体瘦弱、神情绝望。不过,人们很容易就会联想到她曾经是一位身体圆润、双颊红润、充满快乐的女孩。

看着女孩,没有人相信她会和这帮野蛮人一直待在一起,也不会觉得他们之间会有任何的联系。

事实上,她与他们并未相处太长时间,以前也不曾有过任何联系。

他们已经将女孩囚禁了两个月,并且按照他们的标准,从各个方面优待女孩。这帮野蛮人从未伤害过她,相反,他们竭尽全力保护女孩免受丛林中的危险和苦难。

他们保护女孩免受猛兽的袭击;从粗陋紧缺的食物中挑选最好的献给女孩;在夜晚为她搭建帐篷;在暴风雨来袭时,他们围着女孩聚集在一起,用身体的热量为女孩抵挡暴雨带来的寒冷。

这帮野蛮人之所以如此体贴照顾女孩,并非出于善良或人性,因为他们根本就不曾拥有这些品质,不过是为了达到他们自私的目的而已。因为他们相信,如果由一位女祭司在世间代表太阳神,就会取悦太阳神。他们被灌输了一种观念:除非通过一位女性的手来供奉,否则他们残忍的神不会接受任何祭祀品。更准确地说,神喜欢由一位女祭司而不是男祭司来侍奉自己。具体为什么是这样,他们自己也不知道。

在囚禁的两个月里,他们教会女孩自己原始简单的语言。虽然太阳崇拜者的语言中包含了很多不属于类人猿的词汇,但他们的语言也是类人猿的语言。

他们尽量缩短进行复杂宗教仪式的时间,把更多的时间用在寻找新庙址、建造第一座祭坛上。与此同时,他们也教会了女孩一些女祭司应该承担的职责。

他们称呼她卡拉,这是太阳崇拜者的语言——新和拉的缩写。他们像崇拜拉一样,开始狂热地崇拜这个女孩。

正是因为自己被尊为卡拉,这个孩子不再害怕这些可怕的人,因为她知道他们是不会伤害她的。但是她依然愁闷痛苦,怀念自己的家和父母,渴望干净的衣物、舒服的沐浴、可口的食物和温暖的小床。但是她最为怀念的是来自人类的爱意、陪伴和理解,因为她担心再也无法感受到这些了。

她并不痛恨盖伦姆或其他人,因为在这个十二岁女孩的心中从未有过仇恨的影子,她就是甜蜜、美丽和纯洁的化身。

如果太阳崇拜者们对盖伦姆之外的世界有所了解的话,如果他们寻找的是一位充满爱、宽容和仁慈的女祭司的话,他们就会发现很难找到比小卡拉更合适的女祭司了。然而,太阳神的信徒们对女祭司的这些品质都毫不在意,因此卡拉对他们而言根本不是合适之选——当卡拉必须参加那些可怕的宗教仪式时,他们肯定就会发现这个问题。对小女孩也是,因为她根本无法预见以后的日子里,这些野蛮人会要求她做什么。

早饭结束后,这支队伍再次向着新神庙的方向出发了。贝尔克继续为他们指引方向,这次寻找之旅已经持续数日了。

他们走了大概一两个小时,带路的贝尔克突然停了下来,给了队伍一个信号。这二十个人马上悄无声息地藏进了周围丛林的绿色屏障之中。

四周一片沉寂。在强烈赤道阳光的照射下,湿漉漉的丛林开始慢慢蒸发,空气中弥漫着雾气。从远处传来了若有若无的脚步声,贝尔克早已经听到了这个声音,知道有东西正沿着这条宽阔的兽道向他们走来。

生活在丛林中的人拥有一些文明人未知的功能,已经提前感知到了危险的到来。

　　沿着兽道,走向这二十个野蛮人的会是什么呢?

Chapter 4

危险在前

在低垂的粗壮树枝中穿行了一会儿,迪克和多克就感觉到血液逐渐燃烧了起来。一种身体安康、满怀希望的感觉油然而起,与此相伴的自然是一种饥肠辘辘的感觉。

"我想要一些茶、几片面包和橘子酱。"迪克说。他们两个四目相对,舔了舔自己的嘴唇。

"我想来一些荞麦粉蛋糕和枫糖浆。"多克补充说。

"那么我们找些食物吃吧。"迪克说,"这里有一种东西——在逃离嘎啦嘎啦村庄的那个早晨,尤克铎为我们搜集的,他叫它什么来着?"

"我记不得它的名字。尝起来有点像奎宁、糖和蓖麻油混合的味道。"多克边回答,边做了一个鬼脸。

"只要能吃,谁还会在意它的味道呢?"迪克道,"我们必须吃一点东西,而这些就是我们仅有的食物了。"

"我想是这样的,但是,哎呀!我讨厌这些东西。我情愿去捕一只小鸟或者其他什么东西。"多克对此提出了抗议。

"即使那样,你也只能生吃猎物了。"迪克提醒他,"在这个湿漉漉的丛林里,我们不可能生着火的。"

"是的,确实很难生火。"多克承认,"不过自从吃过巴嘎啦族的牢饭之后,只要是新鲜的食物——就算是生鸟也是人间美味。"

多克的脸上再一次愁云密布。

迪克爬上一棵高树,从摇摇晃晃的树枝上摘下一些果实。与此同时,多克靠在两根树枝的分叉处,观察周围情况,耐心等待着。

迪克从树上爬下来,两个人开始享用他的劳动成果。他们选择的部位,是味道相对好一点的果瓤。

"我想说,这种果子和'妈妈的味道'一点关系也没有。"

"闻起来真像是亚麻籽膏药,"迪克大笑起来,"或者更难闻。"

"真希望我们可以对这里生长的植物有更多的了解。"多克说,"如果能知道它们是否有毒,我们应该有很多可以吃的东西。"

"如果有猴子在周围,我们也可以看看它们是怎么做的。"迪克说。

"我也想知道,猴子都跑哪里去了?"多克向四周打量,"我也没有看到一只猴子。就算是它们在,也无济于事了。吃了这些难以下咽的东西,我一点儿胃口也没有了。"

"它肯定是充饥的,"迪克承认,"如果能把这些东西带回到文明社会的话,我们就发财了。"

"怎么发财?"多克满脸疑惑地问。

"我们可以把它们卖给打算减肥的女士们。有无数丰满的女士想要变得更加苗条,没有人知道她们每年花了多少钱来减肥。想想吧,这样的话,我们会拥有多少消费者。"

"那你怎么知道这个东西可以减肥呢？"多克询问。

"这个简单。人为什么变胖？"

"当然是吃得太多喽。"多克回答。

"有了这个，她们应该不想吃任何东西了，是吧？"

"当然，不过——"

"只要在早晨吃一点这东西，她们一整天都不想再吃任何东西。"迪克解释，"或者至少有像我现在这样的感觉。"

"哎！"多克大喊，"这个主意太棒了！我们开家公司吧！"

"不过，我们得先离开这个鬼地方。"迪克提醒他。

"不错，这是我们的首要任务。"多克表示同意，"我们回到地面时，你怎么说来着？我们得加快前进的速度。毕竟，直立行走才是我们的强项。"

迪克挠了挠头。"我们之所以能到这个地方，就是因为我们擅长爬树。"他提醒自己的表弟，"在树上肯定更安全，在下面走比较费劲。我没有看到一条可以走的路。"

"你是对的。"多克表示赞同，"如果在某个方向确实发现一条路的话，我们最好下来走一段。万一听到什么声音，我们可以再回到树上。"

"问题是那样有可能来不及了——尤其当一头大狮子从灌木丛里跳出来的时候。"

"好的，那我们继续在树枝上走一会儿吧。"多克说，"不过，这样很快会筋疲力尽的。"

两个男孩继续在森林低垂的树枝之间穿行。他们认定，这个方向会通向那片草原，而草原的一端就是泰山的小屋。他们偶然来到了一条宽阔的兽道，正好通向他们想去的那个方向，而且也没有看到或听到任何危险野兽的迹象。他们决定到地面上走一会儿,这样既可以放松一下疲惫的肌肉,同时也能加快前进的速度。

多克突然停了下来,打破了他们之间的沉默。

"迪克,"他说,"我有些害怕。不知道为什么,我有种不祥的预感——我们就要大难临头了。"

"为什么这么想?"迪克悄悄地扫视了四周,"你看到还是听到了什么东西吗?"

"没有。我只是感觉有事情要发生——就好像有什么东西在盯着我们。这不完全是一种感觉,而应该是一种预兆。我无法解释为什么,希望我们不会一直如此孤立无援。"

"或许我们最好还是回到树上,"迪克说,"我要向全世界宣布:在树上比在地上感觉安全多了。"

"好的,"多克表示同意,"我也是这么想的。让我们试试看,我们行走的时候能有多安静。或许我们在走路的时候,动静太大了。你注意到了没有?人猿泰山在丛林行走的时候,不论是在地面还是在树上,都是悄无声息的。"

"他简直就像是蝴蝶的影子,一丁点声音都没有!"迪克说,"快来吧!"

在低垂的树枝中,孩子们战战兢兢地继续着他们的旅程。他们瞪大眼睛、竖起耳朵,保持高度警惕,也学起泰山的样子,来嗅空气中的味道。但是除了雨后丛林里那种热气腾腾的味道外,他们的鼻孔里没有闻到任何其他的气味。

他们走走停停,边走边听。所幸一切正常,他们继续朝前行进。

树上繁密茂盛的树叶,经常会遮挡住视线,让他们无法看清小路上是否有野兽。阵风徐徐吹来,树叶随风上下翻动,恰好可以把他们隐藏在这浓密的树荫之中——或许是男孩们小心谨慎的动作、悄无声息的行走给了大树这样的信号。

危险在前 | 095

在前头带路的迪克，突然停了下来，将手指放在嘴唇边，做出了一个"嘘"的动作。多克看到迪克蜷缩在一棵大树后面，眼睛向下注视着地面。

收到迪克的警告信息之后，多克立即保持不动。他试着往下窥探，却一无所获。

什么东西可以如此迅速地唤醒迪克紧张不安的神经呢？多克目不转睛地盯着自己的表哥，而后者则招呼他来到自己的身边，并且依然伸出手指，放在嘴边，提醒他不要发出任何声音。

多克屏住呼吸，匍匐前进。即使是泰山，也无法如此巧妙地在树林中悄无声息地穿行。

不一会儿，多克就依偎在迪克的肩膀后。

迪克一言不发，透过茂密的树枝，指向地上的一个方向。起初，多克并未看到任何让他兴奋的东西——仅仅是一条被枝蔓丛生的灌木围起来的宽阔兽道。紧接着，他看到有东西在悄悄移动。多克的注意力马上被这移动的物体吸引过去了。一开始只是看到混在绿色、棕色和黄色灌木里的一个黑点，很快就变成了一个长满蓬乱头发的脑袋。一个一个又一个……多克看到了一支排成一行的队伍。这是人类的脑袋，在满头乱发的遮掩下，还偶尔能看到他们的耳朵或者鼻尖。

多克也看到了手——一只紧紧抓着一根结实棍棒的手。

他们站在兽道的两侧，所有人都朝着同一个方向——这个方向也正是男孩们来的方向。

迪克和多克屏住呼吸，尽量不发出一点声音。他们甚至都没有交流彼此的想法或者恐惧。仿佛提前约好的一样，两人悄然无声地蹲在原地，等着看这些神秘的人下一步要做什么。

男孩们都意识到，没有被这支危险队伍发觉是一件天大的幸事。他们既明智，又清醒地知道：想要从目前的位置悄悄溜走而不被发现，可也不是那么容易。

　　幸运的是，下面这支队伍里没有人往上看。无论如何，男孩们只希望沿着这条兽道安静埋伏，耐心等待，没必要着急地做出任何行动。

　　平日健谈的多克，平生从未如此渴望能与他人交流。在他的脑海中，已经有成千上万个问题和猜测需要与迪克探讨。渴望交流的心情是如此迫切，以至于他后来回忆说，那段时间对他绝对是一种折磨。但他还是控制住了自己。如果他们处在更好的地方来观察这二十个令人恐惧的人，如果他们即使暴露自己也能安全脱身，多克也许就不需要如此辛苦地管住自己的嘴巴了。

　　他们一直等在那里，监视着下面那群沉默的人——似乎过了有一个世纪那么久。终于，伴随着轻微的树叶"沙沙"声，他们听到了一阵嘶哑的耳语。然而，男孩们却无法听懂其中的意思。

　　然后，一个驼背的男人缓慢地走向兽道。一看到这个男人，两个男孩几乎停止了呼吸。

　　这是盖伦姆派出去侦查情况的贝尔克。他小心翼翼地缓慢行走着，偶尔停下来听一听四周的动静，或者闻一闻空气中的味道。贝尔克沿着兽道离开了，一会儿就消失在一个拐弯处。

　　时间仿佛静止了一般，男孩们继续等着。在他们的下面，太阳神的祭司也在等待。过了好久，贝尔克再次现身了。他站在被埋伏的同伴对面，停了下来，用一种非常低沉的声音同他们讲话。此时，伴随着树叶"沙沙"作响，队伍其余的人也出现在兽道上。

　　这二十个长相丑陋的人突然出现，让男孩们大吃一惊。这种惊悚的感受，是男孩们之前从未体验过的。

　　这二十个相貌凶狠的男人也面露疑色，不知所措。在这些阴森可怕的人当中,有一位身材苗条的金发女孩——这让男孩们深吸了一口气,目瞪口呆。

她是谁?

Chapter 5
展开营救

在贝尔克的带领下,太阳崇拜者的队伍沿着兽道小心翼翼地离开了。这个金发女孩夹在两个长相怪异的粗鲁野蛮人之间,跟着队伍一起前进。转眼之间,他们就消失在了迪克和多克的视线之外。

迪克和多克像雕塑一样站在原地,呆若木鸡。

在接下来的几分钟里,两个男孩都没有说话。他们保持沉默的原因之一,无疑是担心会引起野蛮人的注意;而另一个原因则在于:在一群长相怪异的人群当中,竟然看到了一个秀丽的白人女孩,这让他们非常震惊。

在确定那群人已经走远,无法听到他们声音的时候,迪克首先打破了沉默。

"你觉得那个漂亮的女孩,怎么会和一群如此可怕的人在一起呢?"他低声说道。

"她绝对不会是他们当中某个人的女儿。"多克说,"你见过长相如此丑陋的人吗?他们看起来,更像是大猩猩,而不是人类!"

"然而,他们也不是大猩猩。"迪克说,"他们确实是人类,但却长成这样!天哪,真庆幸,他们没有抓到我们!"

"但是他们抓住了她。"多克说。

"你认为,她是个俘虏?"迪克警觉地问。

"肯定是的!你没有看到吗?她的两边都站着人,好像害怕她逃走一样。"

"他们会把这个女孩怎么样呢?"

"他们有可能是食人族。"

"他们看起来比巴嘎啦族的人还要丑陋。他们有可能是任何物种。"迪克不禁打了个寒战。

男孩们又再次陷入了沉默,每个人都在想自己的心事。一个全新的、前所未闻的问题摆在他们面前。他们都在用自己的方式与命运抗争,究竟应该怎么做呢?这个问题不断在他们的脑海中盘旋。

"听着,"迪克最后说,"这个女孩不属于这群半人半兽的家伙。他们有可能会杀死她。和他们在一起,绝对不会是什么好事。我敢打赌,他们绑架了她。也许是为了索要财物,也许他们是野蛮的食人族,就是为了吃掉她。我们必须要做点什么。"

"这正是我在考虑的问题。"多克说,"但是我们能做什么呢?"

"我不知道,但是我们必须做点什么。"迪克的脑子里充满疑惑,不禁抓耳挠腮。

"我们应该跟踪他们。"多克建议,"或许我们会找到机会,然后营救她。"

"不论如何,我们确实应该跟着他们。"迪克赞同地说,"看看他们把她带到哪里,然后如果有机会的话,我们就可以展开营救。"

"太棒了!迪克!"多克兴奋地大嚷起来,"我就知道,你会同意的。"

沿着地面跟随,还是在树上行走跟随他们呢?这个问题再次出现在他们面前。他们最终决定还是在树上行走。这样相对安全,不过要跟紧这个队伍,就要付出更多的努力。

他们重新回到兽道上方的树林,去追赶那二十个已经不见踪影的人。他们早将自己的安危抛诸脑后,为了一个陌生人,牺牲了自己被救援的机会。作为"泰山双胞胎",他们别无选择。

他们继承了代代相传的勇士精神——对男人而言,责任不仅仅意味着保障他人舒适安全,而且为了保护别人可以牺牲自己的生命。男孩们并没有觉得,自己的行为是勇敢无畏的自我牺牲。他们唯一的念头就是:这件事情必须做。因为在他们的家族信念里,男人是女人和弱者的天然保护者。他们的血管里流淌的是这种精神——在泰坦尼克号即将沉没在大西洋冰冷的海水里之前,把女人和孩子们送上救生艇,而男人们却留在甲板上面对死亡的精神。

男孩们依然十分谨慎地加快速度,紧紧跟随着他们的猎物的足迹。狩猎的兴奋感刺激着他们的神经。他们现在可以使用较少的力气,速度却变得更快,因为他们在树枝中的穿行已经变得更加灵活、更加自信。所以他们很快就听到了那二十个人的声音。不久,这个队伍的最后一员也映入了他们的眼帘。

男孩们花了好几个小时,紧紧跟随着这群人。既不能被猎物发现,又要悄无声息,这无疑是一项非常繁重艰难的工作。因为这不仅仅要求体力的付出,而且要求那紧绷的神经一刻也不能放松。时至中午,他们早已饥渴难耐。早晨吃的水果,已经远远无法满足他们身体的需要。即使如此,两个男孩从未想过放弃发自内心的骑士精神与救人使命。

正午过后，这二十个人在一块靠近小溪边缘的空地停了下来。

藏匿在附近一棵树木的树叶之中，两个男孩眼睛一眨不眨地看着他们。三个人从不同的方向走进丛林，其他人则在收集一些树枝和树叶，搭起了一个简陋的帐篷。

那个女孩显然非常疲劳，无精打采地坐到了地上。她低垂着头，用双手托住下巴——一副痛苦和绝望的表情。眼前的画面使男孩们心中充满了无限的同情，也坚定了他们排除万难也要救她出来的决心。

"看着她坐在那群可怕家伙当中，这真让我难受。我从来没有见过这样郁郁寡欢的人。我们必须要采取行动了。"多克小声嘀咕。

"或许，今晚我们就有机会救她。"迪克提议道。

"那我们怎么救走她呢？"多克询问。

"我不知道，"迪克回答，"我从来没有想过这个问题。"

"她就是一个普通的小女孩，"多克提醒他，"她不能在树上或其他地方穿行。如果我们带她走的话，他们很快就会抓住我们了。"

"也许今晚可以早点带她离开。争取天亮之前，走得尽可能远，这样他们就找不到我们了。"

"如果我们继续带着她在树上行走的话，即使走得很慢，他们也不会发现我们的踪迹。"多克说，"不论如何，"他叹了一口气，"不管会不会被抓住，我们都得救她。我们不能把她留在这里，这就是我们要做的。"

"让我告诉你另一件事，多克，"他的表哥说，"我们需要吃点东西了。如果不吃东西的话，我们会体力不支。我们自己都没有办法从这里离开，更别说带着这个女孩一起了。这也是我们需要考虑的事情。"

"或许，我们可以再找一些早晨吃过的那种美味水果。"多克扮了个鬼脸。

"我们需要的是肉。"迪克强调道，"对于一些人来说，吃素食完全没有问题。但是对我们英国人来说，这完全不管用。"

"对我们美国人也不管用，"多克说，"对我而言，早餐应该是火腿或者培根。"

"不要再谈论这些东西了，"迪克可怜巴巴地说，"天哪，我的口水都流出来了。"

"曾经有个保姆，让我们以生胡萝卜为主食，"多克说，"爸爸说：'订购一包苜蓿可能会更便宜，然后把马槽搬进厨房。'她很恼火，就辞职不干了。但是，我非常赞同爸爸的做法。"

"我有主意了！"迪克大喊，"他们明显是要在这里扎营，明早才会离开。我们离开这里狩猎食物，再返回这里，你觉得怎么样？看起来，他们也不会马上杀掉这个女孩，否则不会为她搭帐篷。"

"你怎么知道这是为她而建的？"多克充满疑惑。

"肯定是的。这个帐篷只能容纳一个人而已。"这就是迪克合情合理的解释。

"你是对的。"多克承认，"让我们开始行动吧。也许要找到我们的食物，没有那么容易。"

"找到之后，也许没有那么容易杀死它。"

"和前几天相比，我更擅长使用弓箭了。"多克提醒他，"你的矛用得也越来越熟练了。"

"好的，来吧。"

男孩们沿着兽道，直接进入了森林。多克拿出自己的猎刀，从经过的树旁砍下一块块树皮。他尽可能地保持悄然无声。

"你在干什么呢？"迪克在前面带路，偶然一回头，才发现表

展开营救 | 103

弟行动缓慢的原因。

"我在记录我们的轨迹,这样就可以找到回去的路了。"多克耐心地解释。

"好家伙,多克!"迪克惊叹,"我就知道,你那聪明的脑子里都是锦囊妙计。"

他们走了大概半个小时,却一无所获。迪克突然停了下来,同时做了一个警告的手势。

迪克指了指前方,多克小心翼翼地爬过去,透过迪克的肩膀,向前张望。

就在前方,他们发现了之前那二十个人扎营的那条小溪。顺溪而下,在河岸的一小块空地上,站着一头正在喝水的羚羊。

"对于我的长矛而言,这个距离有些远。"迪克小声嘀咕,"况且我身边有太多树叶,没有足够空间去掷矛。你最好用弓箭试试。"

"这个射程太远了。"多克略有些迟疑,"如果没有射中,我会恨死自己的。"

"我们能靠得再近一些吗?"

多克想了一会儿:"让我们试试吧。"

"你先过去,"迪克说,"我在这里等你。两个人一起过去,动静太大。"

"为我祈祷吧。"

把自己的长矛留给迪克,多克万分谨慎地朝着羚羊走去。他的弓箭已经全部就位,箭在弦上。微风徐徐,树叶摇曳,迎面吹来的风恰好将多克的气息吹散开来,那头一向机警的动物并未捕捉到他的气息。

多克蹑手蹑脚地匍匐前进,距离目标越来越近,不一会儿,就会到达最佳射程内。他拼命控制着自己紧张的神经,狩猎能否

展开营救 | 105

成功取决于他射击的准确性、动作的隐蔽性和反应的灵活性。他现在可以完全理解原始人的感受了。在凶险莫测的原始森林中,他一边悄悄接近自己的猎物,一边则在忍受饥饿的折磨。多克的行动印证了大自然的第一法则,那就是自我生存。

一切准备就绪!他背靠着一棵大树的树干,透过树叶的空隙,他可以看到对面的羚羊,仅有几步之遥。多克搭好箭,准备射击。就在此时,羚羊突然因为受到惊吓,弹跳起来。

与此同时,让羚羊受惊的始作俑者也从附近的灌木丛里跳了出来。一个长相可怕、身体扭曲的人,正在头顶上挥舞着一根大棒子。羚羊拔腿就跑,但这个人的大棒已经投掷了过去。

这根沉重的大棒径直地飞过去,给打算逃跑的动物致命一击。羚羊轰然倒地。

在羚羊重新站起来之前,猎人已经逼近了它,用一把粗糙的刀子完成了木棒未完成的使命。

最初,多克和迪克惊得目瞪口呆,站在那里纹丝不动,眼睁睁地看着那个人抢走了自己的肉。很快,仇恨和愤怒让他们清醒过来。在这种情况下,他们的所思所想如同原始社会的狩猎者一样——原本属于他们的猎物,被人抢走了!

或许在不同的情景下,男孩们会意识到羚羊既是自己的,也是原始人的财产,甚至更多地属于原始人——因为是后者杀死了猎物。但是愤怒使他们失去了理智,开始像原始人一样思考问题,像原始人一样做出反应:那就是他们希望把猎物从猎杀者那里抢走。唯一阻止他们行动的是恐惧——担心原始人为了保护自己的肉而杀死他们。

多克将自己的箭对准了那个狩猎者,心中充满了愤怒、失望和仇恨,他仿佛突然回到了数千年前,过起了早已远去的原始先祖们的生活。

那人就在自己的左前方,多克拉弯了弓,瞄准了他的后背。与此同时,迪克跟随而来,把手放在多克肩膀上。

"不要!"迪克低声说,"我知道你的感受。但是,我们没有必要这么做,除非到了万不得已的时候。"

多克压低了自己的箭,沉默地站立着。"你是对的,"他说,"但是,这让我很疯狂——因为我马上就要把箭射出去了。"

"听着,"迪克低语道,"我有了一个计划。"

Chapter 6

绝妙计划

迪克弯下腰,对着多克的耳朵,低声地说出他的计划。多克一边听着,一边脸上焕发了神采,咧嘴大笑起来。

"这是个不错的主意——但是你怎么知道它会有用呢?"他说。

"肯定有用。"迪克充满自信,"但是我们必须要快一点。他们派了三个人去觅食——这是毫无疑问的。在我们行动之前,最好不要被其他人看到。你偷偷地绕到那边的大树上,我去另一边的那棵。这样他就会朝着营地的方向跑去。"

"如果他朝我们跑过来呢?"多克问道。

"他不会的——你看着吧。快点过来,抓紧时间。"说话间,迪克已经转身走开了。他绕过空地,尽量避开敌人的视线,到达了自己选定的那棵树。此时多克也已经到达另一棵树,选好了位置。他们都在太阳崇拜者所选营地较远的一方。这时,那个身材扭曲的人出现了。

男孩们就位以后，把箭搭在弓上。他们仔细瞄准目标，然后将箭发射出去。那个受惊的欧帕人正打算将小羚羊抬到肩膀上，突然发现一支箭射中了自己的猎物。另一支箭则从身边飞过，插进了几步远的地面上，还在兀自颤抖着。

伴随着一声咆哮，他迅速转过身来，眼睛朝着箭射来的方向搜寻。

另一支箭又射了过来，射到离他很近的地方，这让他顿感不安。当他的眼睛转到自己判断的来箭方向时，箭却又从另一个方向射来了。他没有发现一个敌人，除了飞箭的声音，他什么也没有听到。接着，他做了迪克和多克非常确定会发生的事情。

他朝着自己的营地飞奔而去，把刚刚倒下的羚羊留在了原地。

直到这个人完全消失了，迪克和多克再三确认周围无人之后，才从树上跳了下来，扑到猎物旁边。他们飞快地用刀子把肉切下来，带足了可以携带的肉。收集好所有的箭后，他们再次回到树上。

沿着之前多克所做的标记，他们最后在一棵大树上停了下来。这棵树枝繁叶茂，高高地耸立于周围的丛林之上。多克建议他们爬到远离地面的高处吃东西，这样就可以躲避树叶下可能的窥视。最后他们找到一个较大的树杈，舒服地坐了下来。

"天哪，"多克大喊，"这个确实容易，但是——"

"但是什么？"迪克问。

"我现在饥肠辘辘。什么东西我都可以吃下去，不过我还是希望可以生火。"

迪克大笑。"我还以为，你可以用有力的洁白牙齿，直接把肉从猎物身上撕下来呢！"他提醒多克。

"在故事书里，这也许是很常见的。"多克脸色苍白，咧着嘴说，"但是现在情况不一样了。"

绝妙计划 | 109

"好吧，"迪克一声叹息，"如果我们要生存下去，就必须要吃东西。从尤克铎和布拉拉那里，我们就学到了过分讲究毫无意义，在这里也一样。"

男孩们顾不上互相交流，沉浸在饥肠辘辘后得以饱餐的满足感里。在他们身边，充满了各种各样的声音：羽毛绚丽的鸟儿发出嘶哑的啼叫声，调皮活泼的猴子的窃窃私语声，形态各异的昆虫的浅吟低唱声，偶尔从远处传来大型动物几不可闻的嚎叫声。不过他们的栖身之处，被随风起伏的树叶遮盖得严严实实，他们几乎看不到也听不到此起彼伏的声音的主人。同样，除了偶尔路过的猴子或小鸟，也没有任何动物可以察觉两个人的存在。

"天哪，"多克用自己的手背擦了擦嘴巴，"也没有那么糟糕——仅仅是一种观念而已。"

"我感觉自己变得更强壮了。"迪克说，"没有什么比肉更好吃的了。"

"天很快就要黑了，"多克说，"如果我们要赶回那群大猩猩一样长相的人所在的营地，我们最好马上起身。"

他们朝着太阳崇拜者营地和小俘虏的方向，小心翼翼地默默前行。

夜色逐渐地笼罩了丛林。最后，迪克和多克停留在一棵大树上。这棵树就位于盖伦姆所扎营地的空地边缘。

那二十个可怕的人成功地生着了火。带着一丝丝嫉妒，男孩们看着这些奇形怪状的人坐在温暖的火焰旁，挤在一起。那个小女孩坐在一棵倒在地上的大树树干上，看着猎人们烹饪刚刚打来的猎物。她看上去简直就是痛苦绝望的化身。看到这一幕，男孩们如鲠在喉，也更加坚定了他们竭尽所能去营救她的决心。

夜幕降临，潮湿丛林中的阵阵寒意也慢慢袭来。此时此刻，男孩们越发嫉妒那些畸形人所拥有的温暖火焰。而他们只能冒着寒意,痛苦地监视着,没有尽头地等待着。

太阳崇拜者吃饭没有隆重的仪式。男孩们对此充满感激,这样不会因为过多的礼节而延长不必要的时间。

每个人依据自己的喜好或需求,将新鲜的羚羊肉切成条状或者块状,用木棒穿起来,搁在火上烤。有时候,火苗会突然蹿起来,集中在一个地方燃烧。在这种情况下烹饪出来的食物,大多数看上去让人毫无食欲——肉的中间是生的,而外表却已经烤煳了。食物烤好之后,他们直接用牙齿撕开,狼吞虎咽地吃下去。

那个女孩要比野蛮人优雅多了,她用借来的刀子把肉切成相同大小的小块。与同伴相比,她烤得非常仔细。单在吃饭的方式、烤肉的方法上,她所展现出来的优雅,已经将自己与她的同伴明显区分开来。

男孩们不敢四处走动,担心发出的声音会引起下面那些人的疑心,从而增加防卫的力量。出于同样的原因,除了绝对必要的交流外,其余时间他们尽量保持安静。但是凡事皆有结束的时候。最后,太阳崇拜者们填饱了肚子,小女孩也爬进了为她准备的简陋帐篷,其他野蛮人则躺在篝火的周围准备睡觉。只有一个人坐在一截木头上照顾篝火,显然他们的目的是让篝火在整个晚上都可以熊熊燃烧,这样就可以吓跑丛林里那些企图靠近他们的食人动物。

"你觉得这个笨蛋会整晚都坐在这里吗?"多克低声问,"我们可不想这样!"

"如果他这么做的话,"迪克回答,"我不知道如何进入他们的营地,救出女孩。"

"我们可以绕到营地的另一边,蹑手蹑脚地爬到她的帐篷边。"

绝妙计划 | 111

多克建议，"也许这样可以把她带走。"

"但是如果她认为我们是某种来抢夺她的野兽呢？"迪克提出异议，"她也许会很害怕，然后发出警报。"

"我们可以和她小声交流，"多克回答，"告诉她，我们是她的朋友。"

"如果她不是英国人呢？"

"我从来没有想到这点。"多克说。

"我无法想象她来自哪里。"迪克沉思着，"当然，在非洲，除了英国人外，还有少数其他白色人种，比如比利时人、德国人和法国人等。她可能是这些国家的人。"

"她看起来不像是英国人。"多克说，"她可能是德国人。"

"是的，我也这样想。"

"好吧，"多克说，"我会说一点点德语。"

"你当然会了。你会说'是的''不'和'早上好'。"

"我还知道'朋友'这个词。"多克说。

"那么我们就等到午夜。"迪克道，"这样，你就可以说：'早上好，朋友。'"

"你觉得自己很幽默，是吧？"多克说。

"我没有觉得幽默，我感觉到的只有寒冷。我希望这看火的人赶紧睡觉，他看起来有些昏昏欲睡了。"

"如果一头狮子可能会闯入你的营地，把你抓走，你还能睡得着吗？"多克说，"我确信，我们不能指望他睡着再行动。我们必须在他清醒时，在他鼻子底下行动。如果没有办法让女孩及时理解我们，她反而大喊大叫的话，我不知道如何完成任务。"

"我们最好对她说法语，"迪克深思熟虑之后说，"我们的法语勉强过得去。而任何受过教育的欧洲人，都多少懂一些法语。"

"我觉得你是对的。"多克表示同意,"我们既然已经定好了目标,为什么还不赶紧行动呢?再过一两个小时,也不会比现在容易很多。"

"我没有问题。"迪克回答,"但是在行动前,让我们仔细研究一下这个计划。"两个男孩蜷缩在一起,认真地小声讨论起来。

Chapter 7

千钧一发

乌鲁普坐在倒地的树干上,眼睛凝视着火堆。一簇簇跳跃的火苗照亮了周围的丛林。

他那高大可怕的黑色影子在卡拉帐篷旁古怪地游来荡去。不情愿的太阳崇拜者女祭司痛苦地躺在那里,眼睛睁得大大的。她不习惯可怕的丛林夜晚,知道巨大的觅食野兽会在黑色的阴影中徘徊游荡。

今晚猎豹的呼啸声、狮子的咆哮声都让人感到毛骨悚然,就如同第一次听到时那样让人害怕;还有自己落入这群人设置的陷阱时的那种恐惧,久久难以消散。

在她的脑海中,相同的徒劳且绝望的逃跑计划预演了无数次。她曾经想象了上千次,然而又上千次地放弃了。当她躺在床上,看到乌鲁普的影子在摇摇欲坠的帐篷外游荡跳跃时,逃跑的计划又再次涌上心头。乌鲁普凝视着火苗,混沌的大脑也在不停地运转着。大部分时间，他想到的是害怕和仇恨——这也是盖伦姆的心中所想。乌鲁普知道，盖伦姆不喜欢自己，如果不能尽快找到祭祀品的话，他很有可能就会被献祭的屠刀永远地结束生命。

乌鲁普是一个丑陋怪异、沉默寡言、无知狭隘的人，经常半饿半饱，炎热、寒冷和爬虫都会让他坐卧不安。生活似乎没有给予乌鲁普太多的幸运，但是他仍然顽强生活着，他热爱生活，并且用满腔热情面对生活。在这一点上，他和命运的宠儿毫无差别。

换句话说，乌鲁普并不想死。坐在木头上，火光照亮了他扭曲多毛的身体和丑陋的毛脸。他正在绞尽脑汁，期望混乱的脑袋可以想出一些挫败盖伦姆对他的血腥企图的计划。

如果他能找到太阳神接受的其他祭品，那么盖伦姆就会满意。除此之外，别无选择。大祭司也不希望把自己的成员献给太阳神，这样毫无疑问会减少自己队伍的人数。对乌鲁普而言，找到一个合适替代品的希望是非常渺茫的。盖伦姆避免与当地土著人正面交锋，因为他深知以自己这二十个缺乏武装的微弱力量，根本无法对抗黑人武士。

另一个可能性在乌鲁普的脑海中逐渐凸显出来。他坚信如果不是由女祭司亲自挥舞祭刀，将祭品献给神的话，神是不会接受的。因此他反过来推断如果没有女祭司，那么将祭品供奉给神的可能性就大大降低了。怎样能在不引起别人疑心、自己又免受惩罚的前提下，把这个小小的女祭司给处理掉呢？他不禁转向帐篷，怒视着那里——新一代卡拉就躺在那里。在远处，传来狮子的咆哮声。乌鲁普想，如果饥饿的狮子在寻觅食物的过程中，被引导至女祭司的帐篷边，那将是多么幸运——至少对乌鲁普而言。

他把这个事情从头到尾认真地想了一遍，甚至还想到了在次日早晨，当发现狮子将小卡拉带走后，他将编造一个绝妙的故事来告诉盖伦姆。

当他沉浸在自己的种种想法中、编织着自己的希望时,两个身影从空地边缘的树上慢慢爬下来。他们朝着静坐沉思的乌鲁普相反的方向,在灌木丛中匍匐前进。

幽暗的丛林中再次传来震耳欲聋的咆哮声,狮子越来越近了。一想到自己的祈祷极有可能实现,乌鲁普一阵狂喜。

乌鲁普并不是唯一听到森林之王声音的人,小卡拉也听到了。她躺在简陋的草床上,浑身瑟瑟发抖。在灌木丛中慢慢爬行的两个人也听到了,突然停了下来。他们挤在一起,躲在粗壮的树干后。

"天哪,"迪克小声嘀咕,"最后一吼,感觉已经非常近了。"

"听起来这么近,简直是为我而吼。"多克答道,他的声音有些颤抖——缘于兴奋和紧张的气氛。"它肯定朝着这个方向来了。"

"我们最好爬到树上待一会儿。"迪克建议,"等到这家伙走了再说。"

"听你的。"多克小声说。他们像两只灵活的小猴子,爬到了刚才逗留的那棵大树上。

乌鲁普从蹲坐的木头上缓慢地站了起来,将脸转向狮子吼声传来的方向。位于乌鲁普和狮子之间的,就是小卡拉——太阳神女祭司的帐篷。此刻,乌鲁普充满阴谋的眼睛正停留在此处。

乌鲁普的大脑还没有进化到快速思考的水平,但是他已经长时间地思考了这种可能性。现在的决定不是突然之间做出的,而是他大脑缓慢思考的自然产物。

虽然他不具备快速思考的能力,却至少可以快速行动,现在他做到了。他弯下腰,蹑手蹑脚地爬到女孩的帐篷旁边。卡拉站了起来,害怕得差点尖叫起来。但是她没有,因为乌鲁普的话让她安心了。

"不要害怕,卡拉,"他说,"我是来帮助你的。"

"你想要做什么?"女孩问,"你怎么帮助我呢?"

"你不想和我们待在一起。你打算逃跑,回到你自己的地方。难道不是这样吗?"

"是的。"女孩承认。

"那么让乌鲁普来帮助你。乌鲁普讨厌盖伦姆——那个要杀我的人。乌鲁普会把你带走,我不会伤害你。我会把你带到你们族人那里。今晚,我就会采取行动。"

"哦,乌鲁普,只要你愿意!"女孩热切地嘀咕。

"来吧!"乌鲁普说着,在帐篷后部撕了一个洞。

"你为什么要这么做?"卡拉问。

"我打算从这里把你带走,藏到丛林里。"乌鲁普回答,"然后我再返回来,告诉盖伦姆一头狮子闯进了帐篷,把你抢走了。盖伦姆肯定会勃然大怒。我要告诉他,我会带着棍棒,到丛林中寻找你,把你从狮子那里带回来。其实我将和你会合,一起逃跑,盖伦姆会以为我们两个都被狮子吃掉了。这样的话,他将不再追赶我们,我们就安全了。"

小卡拉相信乌鲁普所说的一切都是真诚的。她心甘情愿地跟着他,穿过帐篷后面的破洞,一起走到了空地的边缘,停在一棵大树下。

"你就等在这里,"乌鲁普说,"我马上就要走了。"

"我听到了狮子的吼声。"女孩说,"我很害怕。"

"不要害怕。"乌鲁普说,"这声咆哮显然是狮子站在猎物旁边时发出的。如果猎物没有吃光,狮子不会再次狩猎。再过一天,或者两天,它才会再次感到饥饿。"

"你怎么知道呢?"卡拉问。

"我能听懂狮子的语言。"乌鲁普回答,"那头狮子正在享用自己的猎物。它在警告丛林中的其他野兽,不要靠近它的猎物。"

"不要去太久。"小女孩可怜巴巴地请求。

"不论你做什么,"乌鲁普警告道,"都不要动。即使狮子马上就要靠近你了,也不要动。一动不动地站着,这样它就听不到你的存在了。"

"我会尽量做到的。"女孩回答,她的声音因为恐惧而颤抖了。

乌鲁普快速地返回营地,再次坐在那块木头上。如他所承诺,他没有叫醒盖伦姆,他只是在等待,等待空地边缘的大树那里发出某种声音。听到尖叫声和咆哮声后,乌鲁普才会叫醒盖伦姆,告诉他所发生的事情。

狮子的吼声再次响起,丛林里其他的声音都消失了。乌鲁普知道,它越来越近了——实际上已经近在咫尺了。卡拉听到这个声音,吓得浑身冰冷,对她而言,狮子仿佛就在身旁。狮子已经捕捉到了人肉的气味,它悄无声息地穿过丛林,不再发出警告的咆哮声。

营地的篝火随风摇曳,即使空地最边缘处也被照亮了,形成了很多奇形怪状、朦朦胧胧的影子。所以当多克和迪克看到两个真正的人影从帐篷里出来,走向他俩藏身的大树时,他们甚至都不敢相信自己的眼睛。这有可能是由于火苗蹿上蹿下,看上去有很多影子在不断地走来走去。

最后终于可以确定这的确是两个人影。其中一个是扭曲变形的人,另一个则是那个被俘获的小女孩。

当乌鲁普和卡拉直接停在他们所在的树底下时,两个男孩紧紧地抓住自己的矛,做好迎接一切不测的准备。

两支矛直接对准了乌鲁普——他可以说是命悬一线。只要他对小卡拉做出一点点伤害，两支矛会即刻深深地插进他毛茸茸的身体。

两个男孩听到了乌鲁普和卡拉之间的对话，但是却没有听懂一个字。这个男人把女孩留在树下，自己返回营地时，他们感到非常费解。

片刻之后，狮子再次发出了咆哮。不论是对于两个男孩，还是对于没有任何保护、缩成一团的女孩来说，它似乎已经近在咫尺了。

"天哪，"多克嘀咕着，"我们必须得让她到我们这里，不然狮子就会吃掉她。"

卡拉听到头顶的树上发出一些声响。那会是什么呢？她知道猎豹经常从大树的低枝上跳下来，扑到自己的猎物身上。女孩还是待在原地，一动不动。

伴随着"沙沙"的摩擦声，两人落在了女孩旁边。当他们抓住女孩的时候，她不禁惊声尖叫。

"我们是朋友，"多克用法语小声说，然后对迪克说，"快，把她拉上来。我相信狮子马上就要来了。"

多克抓住较低的树枝，弹回到树上。迪克用手把女孩向上托起，多克则抓住她的胳膊，把她往上拉。然后迪克爬到他旁边，帮忙往上拉。但是看起来，把这个惊恐的女孩拉到高处，远离地面的危险是一个非常艰巨的任务。

附近的灌木丛中突然发出撞击声，转瞬间一头硕大的狮子跳进了他们下面的空地里。它朝上看了看，然后跳跃起来，想用有力的爪子抓住他们其中的一个，把他拖下来。幸好此时男孩们已经成功地把小女孩拖到了够高的地方，狮子失败了，怒火中烧。

震耳欲聋的咆哮声再次打破了丛林的寂静，声音里满是受挫

千钧一发 | 119

后的狂躁和愤怒。

乌鲁普坐在木头上,听到了女孩的尖叫和狮子愤怒的吼叫声,微微一笑。他站起来,匆忙跑到盖伦姆那里,摇醒了大祭司。

"醒醒,盖伦姆!"他大喊。盖伦姆吃了一惊,坐了起来。

"发生了什么事情,乌鲁普?"他咆哮着。

"太阳神来到了盖伦姆的营地,带走了卡拉。"乌鲁普激动地喊道。

"你在说什么?"盖伦姆立即站起来,发疯一般地跑向了帐篷。

"我说的都是真的。"乌鲁普坚持道,"太阳神自己来的,伴随着耀眼的光,乌鲁普的眼睛都要瞎了。神用一只手撕开了卡拉的帐篷,另一只手把她从地上拉起来,钻入了丛林深处。伴随卡拉的尖叫声和狮子的咆哮声,太阳神的光消失不见了,一切很快陷入了寂静。"

盖伦姆怀疑地看着乌鲁普。

"你亲眼看到太阳神了?"他问道。

"是的。"乌鲁普承认。

"神是什么样子?"盖伦姆对此充满怀疑。

"我只看到了光。那光极为炫目,我用手掌遮住了眼睛。"

"那么你怎么知道,他就是太阳神呢?"盖伦姆问。

"我听到了神的话。"乌鲁普回答。

"神说了什么?"

"他说:'我是太阳神。我为卡拉——我的女祭司而来,我要把她带到我空中的神殿。在那里我拥有很多贡品。在我的祭坛之上,卡拉会将它们供奉给我。'"

盖伦姆咕哝着说:"神就说了这些?"

在此之前,乌鲁普从未享受过由天马行空的想象所带来的快感。他完全沉浸在自己和神对话的喜悦之中,他发觉很多先知的启示录无疑仅仅是为了满足个人的需要而已。

"是的,"他说,"太阳神直接对乌鲁普说的。神让我给盖伦姆传话。"

"神传的话是什么?"

"神说盖伦姆应该建造一所新的神庙。他不需要提供任何祭品,除非太阳神亲自到来,自己提出要求。"在他们谈话的过程中,盖伦姆来到为卡拉搭建的帐篷里。他发现卡拉已经不见踪迹,后墙也确实有一个大洞。走出帐篷后,他直直地站着,用手挠着自己的头。

"乌鲁普,我之前觉得你在说谎。现在我知道你说的是实话,这里确实有一个太阳神偷走女祭司时留下的洞。"

Chapter 8

三人同行

愤怒的狮子在树下咆哮着，树枝之上的男孩们则在尽力安抚这个受惊的女孩。她正在歇斯底里地哭泣。

"不要害怕，"多克轻声安慰道，"我们不会伤害你的。"

他完全忘记了要说法语的计划，然而迪克并没有，他用法语重复了多克的保证。

女孩似乎在努力克制住哭泣，想和他们讲话。她的嘴里发出含混不清的话语，但是气喘吁吁的哭泣打断了她想说的话。

"现在，请不要哭了。"迪克拍着她的肩膀，"和我们在一起，你是安全的。"他有意放慢语速，寻找准确的法语词句来表达自己的意思。

"我猜，"多克说，"即使她是法国人，也听不懂你说的法语。"

"好的，那么你来试试吧，机灵鬼。"迪克打断了他，"虽然在学校的时候，我从来没有看到你拿过任何法语的奖牌。"

"我也不会比你说得更差了。"多克说,"如果不是我们约定用法语和她交谈,我还以为你在说中文呢。"

"这是因为即使你听到,也不知道这是纯正的法语。"迪克回答。

女孩终于控制了自己的情绪,啜泣逐渐停止。不一会儿,她能够讲话了。

"你们是什么人?"女孩用英语问道。

男孩们不禁目瞪口呆。

"你会说英语?"迪克问。

"是的,"女孩回答,"你们到底是什么人?打算对我做什么?"她说着一口标准的英语,只有受过良好教育的外国人才能达到这样的水平。

"我很高兴,你是英国人。"迪克说,"我还担心你听不懂我们的话呢。"

"我不是英国人。"女孩说,"但是我会说英语。你们是什么人?"

"我是英国人,"迪克说,"我的表弟是美国人。你不用害怕。早晨的时候,我们看到你和那些人在一起。我们确信他们绑架了你。"

"是的,"多克说,"我们跟了他们整整一天,希望有机会可以帮到你——如果可能的话,把你救出来。"

女孩又开始哭起来——现在缓和了很多,因为不再是歇斯底里了。

"请不要哭泣了。"迪克说,"我告诉过你,我们不会伤害你的。"

"我之所以哭泣,是因为我太开心了。"女孩说,"我以为自己已经没有希望了。现在你们来了——我该怎么感谢你们呢?"

"你无须感谢我们。"多克安慰她,"也许和我们在一起,并不比和那些人一起幸运很多。因为我们没有在丛林中待过很长时间。"

"你的意思是?"她问。

三人同行 | 123

"多克的意思是，"迪克说，"有时候，我们找不到食物，因为我们不确定哪种食物是安全的。我们没有长久地经历过这种生活，所以也不是很擅长狩猎。但是我们会尽最大的努力来保护你。"

"你们的家在哪里？"女孩问。

"我们正在拜访人猿泰山。"迪克充满自豪地回答。

"哦！"女孩惊呼，"每个人都知道人猿泰山。我从来没有见过他，但是我的父亲曾经告诉过我，他是一个好人。"

"你叫什么名字？"多克问。

"格蕾琴。"女孩回答。

"格蕾琴，那帮人是怎么抓到你的？"

"有一天，我在森林里散步。"她回答，"我肯定是走得太远了。当我想找到回家的路时，开始犯糊涂了，估计是走错了方向。我是自己一个人出来的，害怕极了。第二天，那些人发现了我，把我带走了。没有人知道我是多么胆战心惊，不过他们并没有伤害我。后来我慢慢习惯了，所以也没有太介意。但我总是充满恐惧，他们是非常可怕的人。"

"他们打算怎么样对你呢？"迪克问，"他们抓你是为了赎金吗？他们看起来像绑匪，或者一些更低级的东西。"

"不，那些人是太阳崇拜者，让我做他们的女祭司。他们告诉我，太阳崇拜者自己的女祭司——也是一个白人女孩，已经背叛了他们的宗教，将他们驱逐出神庙。他们发现我的时候，正在寻找新的地方来建造神庙。他们认为是太阳神把我派到他们身边的。"

"天哪，"迪克说，"如果太阳崇拜者发现你不见了，知道我们把你偷走了，他们不会痛不欲生吗？"

"我想即使抓到我们，那些人也不会把我们怎么样的。"多克说。

"你们必须确保不被他们抓到。"女孩说，"太阳崇拜者长久以来都是把人作为祭祀品贡献给神的。因此他们一直想找到一个人来做祭祀品。"

"天哪,"多克说,"我觉得我们最好离开这里。"

"我们必须要等这头老狮子走远了。现在格蕾琴和我们在一起,我们没有办法在树林中行走,只能在地面上前进。"

"或许她可以在树上走。你可以吗,格蕾琴?"多克问。

"我想如果有一点点支持的话,我应该可以。我也经常在营地周围爬树,所以爸爸经常骂我是假小子。"她说。

"很好!"迪克大喊,"我们觉得在树上行走比在地上安全,现在我们可以行进得更快了。"

"我会尽力的。"格蕾琴说,"我不想成为累赘。"

"我们最好马上离开这里。"多克说,"刚才把你带到这里的家伙,已经把营地的其他人弄醒了。看到了吗?一个人正向你的帐篷爬去,如果他们来这里找你,我们就会被发现了。"

"乌鲁普说过,他会回来找我,还打算把我送回家。"女孩解释。

"那他为什么把你一个人留在树下呢?"迪克追问。

"他说自己回去给盖伦姆编个故事,摆脱他们,这样我们就会有时间逃走。"

"那你情愿留在这里等他吗?"多克问。

"不,我对他充满恐惧,他是个可怕的人。只要可以逃离这里,我愿意冒险。"

"他回到营地之后,我一直在监视他。"迪克说,"他并没有叫醒任何人,而是找到一块木头,坐在火堆旁。等狮子再次发出咆哮,我们把你拉上来之后,才看到他去把别人弄醒的。"

"狮子在周围咆哮,却把你独自留在这里,这是很危险的。"多克说。

"他说狮子不会伤害我。"女孩说,"狮子正趴在猎物上享用美味,对我不会有兴趣的。"

"满口谎言。"迪克打断了她,"我对狮子不是非常了解。但是我敢打赌,狮子正在狩猎。每次咆哮之后,我们听到它的声音越来越近。"

"也许他想让狮子抓到你。"多克猜测,"那些家伙看上去卑鄙无耻,什么事情都做得出来。"

"那么,我打赌由于某种原因,他希望除掉你。"迪克说,"他回去之后什么事情也没有做。他想要听到狮子扑向你时的咆哮声,还有你的尖叫声。"

"我们现在应该做的是,赶紧离开这里。"多克说,"到达安全的地方后,我们可以继续交谈。"

"那快点吧。"迪克说。在两个男孩的帮助和支持下,三人缓慢地在树林中行走。

由于担心狮子出没,他们不敢在地上行走;此处距离太阳崇拜者营地太近,三人也不敢待到天亮。因此,他们只能在黑暗中缓慢前进。孩子们知道,只要再稍微走远一点,他们可能就安全了。因此,他们整个晚上都在缓慢行进,直到第一轮朝霞染红了东方的天空。

黎明到来时,男孩发现女孩正仔细地审视着他们,并且似乎对检查结果比较满意。如同在夜间经常停下来休息一样,三个人再次停了下来。这次是停在丛林中一处树荫里,这里长满了苔藓,悬挂着爬山虎。

阳光洒在身上,女孩看着男孩们,露出了开心的笑容。

"我很开心。"她说,"我以为,我再也不会开心起来了。你们无法想象,和那些人在一起是多么恐怖;和你们——我的同类一起,有多么安心，多么快乐。"

"是的，你快乐，我们也很开心。如果认为和我们一起会开心的话，你必须要充分发挥自己的想象力了。"

"为什么？"女孩问。

"因为首先和我们一起，你要忍饥挨饿；其次，我们也不知道要在丛林里待多久。"

"为什么觉得我们会在丛林里待很长时间呢？"女孩问。

"因为我们迷路了。"多克不得不承认，格蕾琴哈哈大笑起来。

"什么事情这么好笑？"迪克问。

"因为营救我的人迷路了，反而需要别人的帮助，所以我觉得很有趣。"

"嗯，那可不是我们的错。"迪克说，"如果你情愿回去和那些人一起——"

"哦，不！"她大嚷，"你知道，我不想那样。我并没有取笑你们，但是这确实挺好笑，不是吗？"

"好吧，我想也是。"多克充满感伤，"但是，毕竟迷路不是最糟糕的事情。"

"为什么？你们还有其他事情没有告诉我吗？"她问。

"别担心，"多克安慰她，"我们都已经告诉你了，就是食物的问题。"

"不要为这个担心。"女孩说，"我一直生活在丛林之中。我父亲是一位热爱大自然的传教士。他教给我很多关于丛林中各种植物的知识。我知道什么植物是可以食用的，什么植物是不可以食用的。所以不用太担心食物的问题，也许不像国王那样考究，至少会有足够的食物维持我们的生命。"

"你看到周围有什么可以吃的东西吗？"迪克询问，"我们快要饿死了。"

"是的,距离我们五十英尺处,就有大量的水果、蔬菜和鸟蛋。至少,我看到了鸟巢。"

沿着格蕾琴指示的方向,男孩们带回了水果和树根,还在几个鸟巢中,收集了足够的鸟蛋。一顿丰盛可口的早餐已经大功告成了。

Chapter 9

十面埋伏

黎明到来，盖伦姆和小祭司们吃完了简单的早餐，继续开始行军。他们在贝尔克的带领下，朝着已经发现的新神庙选址方向前进。

卡拉已经消失了几个小时，盖伦姆开始有时间更加仔细地思考乌鲁普的故事。经过冷静思考，某些模糊的怀疑在脑海中愈发清晰。或许这部分来源于他对乌鲁普的厌恶，也来源于这件事情打乱了自己的计划。将自己教派中古老的宗教仪式在新的地方永久地传承下去，首先需要一位具有统治权的女祭司——她的话对于小祭司而言，就是法律。

为了效仿已故大祭司卡德加通过拉来统治欧帕，他也已经提议由新的拉来统治他们新建的城市。太阳神，或许应该是说谎的乌鲁普将整个计划毁于一旦。仔细思考这个事件，他愈发确信太阳神不可能亲自出现在一个小祭司，而不是他盖伦姆的面前。确定了这一点后，多疑的盖伦姆领导着他的追随者们，沿着贝尔克寻找的小路继续前进。

只有在和太阳崇拜者的距离稍微远一些后，"泰山双胞胎"和女孩才敢停下来休息一会儿。填饱肚子后，他们再次朝着自己认定的方向——空旷草原和泰山家所在位置，继续前进。

为了证明自己不是男孩的负担，虽然已经疲惫不堪，格蕾琴仍然勇敢地坚持着。在树林间穿行时要保持平稳，她需要两人帮助，所以他们前进的速度非常缓慢。迪克和多克意识到，如果太阳崇拜者来追赶他们的话，几乎没有可能逃脱。

"天哪，"多克说，"这个古老的丛林像整个美国一样大。感觉似乎就要走到天的尽头了。"

"你们确定现在的方向是正确的吗？"格蕾琴问。

多克摇了摇头。

"这就是问题所在。"他承认，"我们感觉方向是正确的，但是却无法确定。"

迪克解释："我们和泰山一起进入了丛林，谁也没有注意方向。然后泰山走开了，可怕的暴风雨随后而至。我们意识到自己迷路了，除了上面和下面，我们对其他任何方向都无法确定。"

"然后，"多克说，"我可以确定，我们在树林里转来转去的时候，不可能保持直线前进。即使太阳在闪闪发光，但是我们大部分的时间都看不到太阳，因此没有任何东西可以指引我们。"

"如果不是为了我，你们可能已经走出去了。"格蕾琴说。

"不要这么说。"迪克勇敢地说，"恰恰相反，如果没有你的话，在找到出路之前，我们可能已经饿死了。"

"很高兴我可以提供一点帮助。"格蕾琴说，"但是我知道男孩们是怎么看待女孩的——我有两个哥哥。"

"是的,"多克坦白道,"我之前从未想过女孩可以帮这么多忙,现在我已经改变了自己的看法。你爬树和做事的风格,就像个男孩一样。"

"而且你对丛林了如指掌。"迪克说,"能遇到你,我们感到非常开心。"

"我的喜悦之情丝毫不少于你们。"格蕾琴说,"一想到盖伦姆和他们谈论的那些可怕计划,我就心惊胆战。他们一直在抓紧时间建造新的神庙。"

"他们打算让你做什么呢?"多克问。

女孩不禁浑身发抖。

"那帮家伙把人类当作祭品供奉给他们的神。作为他们的女祭司,就是要制作祭品——"

"他们打算让你杀人?"多克吃惊地问。

女孩点点头。

"多么可怕的东西!"多克大喊。

他们在沉默中走了一段时间。显而易见的是,女孩已经达到了自己耐力的极限,再也无法忍受任何考验了。

"这里有一条兽道。"走在前面的迪克说,"它的走向和我们的方向是一致的。我们可以到地面上走,稍微放松一下。"

"在地面上,我们也可以走得更快。"多克说。

"只要我们能尽快找到安全的地方,就可以隐藏起来,好好休息一下了。"迪克补充道。

"你们说了算。"在他们往下爬的时候,格蕾琴疲倦地说。

男孩们帮她来到地面上,三人沿着宽阔的小路在丛林中蜿蜒前进。

三人发现这个变化可以让他们稍微放松一些:随着速度的加

十面埋伏 | 131

快,他们的兴致也越来越高。孩子们非常开心,相信自己前进的方向是正确的。然而事实并非如此,正如多克所说,在丛林中无法沿着直线前进。他们从树上进入兽道后,兜了一个大圈子,又回到刚刚到过的地方。

在枝叶茂密的森林小道上艰难地行走,他们也会偶尔愉快地笑着聊聊天——或许这就是年轻人的自信。

走在盖伦姆和小祭司之前的贝尔克突然停了下来,举起了警告的手。盖伦姆像野兽一样竖起耳朵,认真地听着。虽然有些模糊,但他还是明白无误地听到了说话声和欢笑声。

盖伦姆快速转过身来,给其他人发了一个信号。仿佛像施了魔法一样,这二十个人很快就消失在了周围的灌木丛里。

迪克停下来,回头看了一眼多克。他已经远远落在了后面。

"你在做什么?"迪克问。

"搜集一些野草,把我的矛尖绑得紧一些。"多克回答,"它有些松了。你们继续前进吧,我会跟上来的。"

"不要落得太远。"迪克说。

迪克和格蕾琴不再回头,沿着小路继续前进,在前面专心带路。多克跟在后面,把结实的纤维状野草牢固地绑在矛杆裂缝的那头,这样矛尖就被固定住了。

多克忙着自己的工作,没有意识到自己走得那么慢,已经远远落在同伴的后面。

迪克和格蕾琴继续稳步前行。一路畅通无阻,似乎预示着他们可以早些摆脱险恶昏暗的丛林,他们因此备受鼓舞,兴高采烈。

迪克回忆起来,泰山和金狮就是沿着一条这样的小路进入丛林的。他一厢情愿地相信,这就是泰山和金狮带他们穿过的那条小路。

"你知道吗?"他对格蕾琴说,"自从我们迷路之后,我第一次确信我们找到了方向,麻烦即将离我们而去。"

"希望你是正确的。"格蕾琴说。她突然恐惧地哭泣起来,转过身抓住他的胳膊。

"哦,迪克,看!"她哭了起来。与此同时,二十个可怕的人从四面的灌木里站了出来。

贝尔克抓住了迪克,解除了他的武器。另一个人则抓住了格蕾琴,把她从迪克身边拉开。

在身后的小路上,多克听到了格蕾琴的哭泣和那群大猩猩一样的人发出的咕哝声。"迪克!迪克!"多克大喊,沿着小路去追赶他们。

迪克的大脑在飞快转动。他意识到他们已经成了无助的俘虏。如果多克也中了埋伏的话,他也会很快被抓住,然后解除武器。

"回去,多克!回去!太阳崇拜者已经抓住了我们。如果你没有被抓住,还可以帮我们。到树上去。"

"快点!"盖伦姆对他的下属大声喊道,"那里还有一个,去把他抓起来。"

六个小祭司马上沿着多克声音传来的方向追了出去。一个跑得比较快的祭司瞥见了正在往一棵低悬大树的低枝荡去的多克,立刻跟了上去。

已经接近体能消耗的极限了,多克尽可能快地逃跑。但是每往后看一眼,他都意识到那个强壮的野蛮人就要抓到自己了。

一切即将结束。片刻之后,自己要么被沉重的棍棒击倒,要么就是被当成俘虏带回去,成为未来的祭祀品。

多克像一头走投无路的野兽,陷入困境之中。他站在一棵大树上,两只脚牢牢地踩在两根粗壮的树枝上,后背靠在树干上。

十面埋伏 | 133

那个扭曲变形的人正在朝他荡过来。那双小小的、挤在一起的眼睛,从被乱糟糟头发遮住的兽脸上发出亮光。厚厚的嘴唇咧开,露出了锋利的獠牙,几乎与大猩猩的牙齿一样令人恐惧。这个家伙发出低沉的咆哮声,听起来像是对受害者发出的警告。

多克颤抖着抽出了一支箭,搭在弓上。对方察觉到了他的意图,发出了挑衅的咆哮,把自己的木棒朝多克扔了过来——但是这个防卫来得太迟了。

"嗖"的一声,箭已经离弦,直接朝着目标飞去。

伴随着一声令人毛骨悚然的大喊,这个小祭司抓住了刺入胸膛的带着羽毛的箭头。他在刚刚爬上的大树枝上摇摇欲坠,突然胸口朝下倒了下去。

Chapter 10

绝地求生

在二十个黑人的陪伴下，一个憔悴的白人顽强地沿着一条丛林小路缓慢前行。他衣衫褴褛，皮肤也被无情的荆棘划得伤痕累累。备受精神折磨和充满绝望的痛苦都流露在眼睛之中，他的眼睛周围是大大的黑眼圈。

两个走在队伍前面的黑人停下来，短暂地休息了一会儿。其他人跟了上来，加入了他们。

"这里也没有任何踪迹吗，纳坦多？"白人问一直处在队伍前列的一个黑人。

"没有，老爷。"纳坦多回答，"因为暴雨倾盆而至，所以我们没有看到任何踪迹。"

"一直找到我们可以跟上他们为止。"白人说，"他们一定在下雨时，改变了方向。或许我们最好折回去，直到再次遇到那条轨迹为止。我们不能在丛林里漫无目的地走来走去。"

"看！"一个黑人发出一声低沉的、充满恐惧的声音。

他的胳膊沿着小路的方向，指向前面。

所有人的眼睛都转了过去，望向那个黑人颤抖着的食指所指的方向。

就在他们前面，在苍翠欲滴的树叶之间赫然矗立着一个庞然大物——沿着小路望去，他们看到一头黑色鬃毛的巨狮正在打量着他们。

这个白人和四五个配有步枪的人立刻将枪端了起来。在险象环生的丛林里，一个人必须随时做好准备。

"除非它向我们走来，否则不要开枪。"白人说，"如果我们伤害了它，它就会冲上来。如果我们不开枪，它有可能会走开。"

他们站在原地，狮子则目不转睛地看着他们。让这小队人马吃惊的是，一个几乎裸露的白人出现在小路的拐弯处，站在狮子的旁边。

这人沉默地看了他们一会儿，然后掌心朝前，举起了手。他用一种通用的班图语对他们说："放下你们的枪。我是人猿泰山。"

白人放心地长舒了一口气，和他的伙伴们放下了武器。泰山和杰达·保·贾慢慢走近了他们。

"你是谁？"泰山停在白人面前问。

"我是卡尔·冯·哈本博士，来自尤拉宾国的传教士。"白人回答，"我是一位和平人士。"

"久仰您的大名，博士。"泰山说，"还有您为人们所做的很多善事。您为什么来我的领地呢？"

"天大的灾难，"冯·哈本回答，"两个月前，我的女儿被绑架了。开始时，我还以为她是在丛林中迷路了，已经被野兽杀死了。但是几天搜寻下来，我们发现了她的踪迹。她和一群人在一起，至少我认为他们是人,虽然他们的脚印有些像大猩猩。我们知道他们会生火煮熟食物,我认为这是一些没有完全进化好的低等种族。所以你可以想象我有多担心。"冯·哈本说。

泰山点了点头,沉默地倾听着这个人的故事。

"在绑架事件不久后,我们发现了那群人的踪迹。他们的行进速度和我们一样快,所以我们很难赶上他们。一场狂风暴雨彻底抹去了那群人的足迹,自那以后我们再也找不到他们了。"传教士结束了自己的故事。

"那我们的任务差不多。"泰山说,"因为我也正在寻找两个迷失在丛林中的男孩。我把他们留给狮子保护,去调查一种让我的狮子疑心的气味。在我尚未搞清楚让狮子紧张的原因前,大雨倾盆而至。当我回到离开孩子的地方时,他们已经不见了踪影。那两个孩子一定是在下大雨的时候,从树枝间离开了,所以我们也无法找到他们的气味。扰乱杰达·保·贾的气味极有可能来自那帮绑架你女儿的人——很明显,它嗅到了一些完全不熟悉的人或者说敌人的气味。对于丛林中任何动物的气味,它都不会如此反应的。"

"或许它捕捉到的是我们的气味。"冯·哈本猜测。

"这也是有可能的。"泰山回答,"不过我还是有些怀疑。随风感知到你们的气息的这段时间里,狮子从未表现出任何紧张的应激反应。这与两天前第一次捕捉到那种不熟悉的气息时的反应截然不同。"

"让我们一起合作吧。"冯·哈本说,"一起搜寻两个男孩和我的小女儿。"

"如果杰达·保·贾和我都无法找到他们的话,没有人能够找到他们。"泰山回答,"你看起来已经筋疲力尽了。距离这里一公

绝地求生 | 137

里外的空地上,有一条小溪。和你的人到那里去安营修整,我和杰达·保·贾会寻找你的女儿。"

"难道我们帮不上忙吗?"冯·哈本坚持着。

泰山摇了摇头。

"你们所能做的就是沿着小路寻找,但是并不知道哪条路可以找到你的女儿。即使你闻到的气味痕迹很强烈,你也无法辨认。等泰山和杰达·保·贾找到她后,就又要再去找你了。没有得到我的消息前,就按照我的意见待在那里。杰达·保·贾穿越灌木丛,在没有道路的地面行走,泰山在大树的树枝间前进。任何气味,不论多么模糊,都无法逃脱我们的嗅觉。我们会围成一个大圆圈,杰达·保·贾沿着一个方向行走,泰山沿着另一个方向。这个圆圈内的一切情况,我们都会互相通气。这样在一天内,我们就可以覆盖所有的区域——这可能是你们仔细搜寻一周的结果。"

"也许你是正确的。"冯·哈本说,"我会按照你的吩咐去做。祝你们成功的祈祷会一直陪伴着你们。"

泰山转向雄狮,和它说了几句话。无论是黑人,还是白人都没有听懂他们的对话。"大猫"转身低头进入了灌木丛,泰山跃上了悬伸出来的树枝。眨眼之间,他们两个就消失在了冯·哈本等人的视线之外,如同融入了空气当中。

盖伦姆不再浪费时间去捕捉多克,一行人把死去的祭司扔在原地,朝着新神庙的方向奋力前进。贝尔克在前面指引着他们,向他担保新神庙已经近在咫尺。

被严密看守的格蕾琴和迪克,绝望地跟着他们行走。

"天哪,我们似乎拥有了世界上所有的坏运气。"迪克说。

"不会有更糟糕的事情发生在你身上了,迪克。"格蕾琴回答道。

"你什么意思?"他问,"这对你来说同样糟糕。"

"迪克，你必须逃跑！必须逃跑！必须逃跑！"她疯狂地大喊。

"那你呢？"他问道。

"他们不会杀我的。"她答道。

"你的意思是？"

"我的意思是，在到达新神庙地点前，你必须逃跑。不论发生什么，不论冒多大风险，你一定不能被他们带到那里。"

"我明白你的意思。"迪克说，"如果我能摆脱他们，你必须和我一起走。"

"不，"她说，"能够独自逃走的话，你就是幸运的。如果必须考虑我，那你根本没有办法做到，不要管我。我很确定，他们不会杀死我，我爸爸有一天会找到我的。我知道只要一天没有找到我，他不会停止搜寻的。即使仅仅有一点点机会，你也必须抓住它，立刻逃走。"

迪克摇了摇头。

"你以为我是怎样的人？"他问，"如果把你留下来，我自己逃走，我成了什么人了？不，我不会那样做的。"

女孩摇了摇头，叹了一口气。

"请你理解我的意思。我并不想独自留下来，和他们一起。"她说，"但是不论你是逃走，还是他们把你带到神庙，结果都是一样的，因为我都要单独和他们在一起。我情愿知道你是活着的，而不要让我感到都是因为我你才死去。如果你和我一起，到达新神庙的建造地点后，他们一定会杀了你。"

多克小心翼翼地跟在他们身后，在大树上行走。多克紧紧跟随着这些人和他们的俘虏，同时，很多营救计划在他脑海中盘旋，但是在占数量优势的敌人面前，每个计划都似乎是徒劳无功的，注定要失败。

绝地求生 | 139

他清点了一下自己的箭。现在还剩十六支箭，但是有十九个太阳崇拜者需要消灭。根据这个估算，只有等待合适的时机，对方一现身，就用箭射穿他的脑袋。

他一直非常谨慎地行走着，保持在盖伦姆队伍最后面的人的视线之外。但是现在，他开始加速前进，寻找任何可能接近敌人的机会。

多克对于运用自己的弓箭已经驾轻就熟。现在他可以非常轻松地在树木中行走。如果大树给他提供牢靠的立足点，一边在树枝中行走，一边搭好箭也不是一件难事。他下面几码远的地方，行走着一个为队伍垫后的祭司。多克停了下来，将弓拉弯。

箭穿过了他的脸，祭司发出了凄惨的尖叫声。与此同时，多克快速地跳回到大树的树叶后，敏捷地移动到一百码外的丛林里。

盖伦姆和他的小祭司们转过身去，同伴的尖叫声使他们意识到了自己的危险处境。

他们惊恐地看着那支箭，径直插在倒下那人的肩膀上。

"这是另一个逃跑的人干的。"盖伦姆愤怒地说。

他转向乌鲁普。

"太阳神在晚上出现，带走了卡拉，是吗？"他大喊，"你对我说谎，乌鲁普，你要为此献出生命。"

"我没有说谎，"乌鲁普委屈地说，"我告诉你的是事实。太阳神来了，并且跟我讲话了。他所说的话，我已经全部告诉你了。事实证明，他对我们非常满意。因为他不仅把我们的女祭司送了回来，还给我们带来了两个祭品。我们捉到了其中的一个，难道是神的错吗？难道是我的错吗？盖伦姆，如果你抓到了他们两个，这些事情就不会发生。不是因为我的所作所为，而是因为你的不作为，太阳神在惩罚我们。"

"很好，"盖伦姆说，"你应该走在大家的后面，这样如果他回来的话，你就可以抓到另一个祭品。"伴随着一声突然的咆哮，盖伦姆重新开始了行军。

Chapter 11

战胜恐惧

乌鲁普不喜欢处在行军队伍的后部，因为这样自己的后背会暴露给看不见的敌人。他不断把头向四周转来转去，脖子都有些疼了。他转过身来，倒着走了一会儿。直到发现自己已经远远落在同伴后面，乌鲁普开始有些害怕了，快速奔跑追赶过去。

与此同时，一个美国男孩出现在他身后的树上。前面有十八个敌人，多克箭袋里面只剩下十五支箭。等太阳崇拜者们继续前进后，他回到小路上，把箭对准了下一个受害者。

对多克而言，这是非常残酷的。在他的人生当中，从未杀过任何人，即使现在他也不想。如果不是迪克和格蕾琴面临生命危险，他绝不会做这件自己彻底厌恶的可怕事情。

随着队伍的不断前进，森林逐渐变得不再那么浓密，灌木丛也稀疏起来。小路不断延伸至更高的地方，迪克和格蕾琴可以隐隐约约看到前面的丘陵。

贝尔克带领他们进入了一座峡谷的入口处，这个峡谷陡峭地延伸到高山上。丛林里的大树消失了，灌木丛也逐渐被植物无法生存的岩层所取代。

多克跟随着他们来到丛林的边缘，审视着前面的风景。

一眼望去，那里的树木非常稀疏，很难在树上找到一个持续前进的路径。很多地方的灌木丛稀稀拉拉，无法为他提供足够的遮蔽。在他左边的峡谷，有一块比较平缓的山脊，布满了很多巨大的岩石，似乎可以为他提供最好的遮掩，同样这也是最容易跟上猎物的路径。

乌鲁普追赶上自己的伙伴，紧紧跟在后面。多克爬到了山脊顶点的岩石上，发现了一条可以轻松行进的平坦兽道。不久，他就可以俯视这小队人马所在的峡谷了。

一个千载难逢的机会来了。当落后的乌鲁普被一块大石头遮住时，多克"砰"地一箭射了出去。乌鲁普发出一声撕心裂肺的尖叫，然后倒在了地上。

盖伦姆立即勃然大怒，这并不是因为乌鲁普的死亡。部分原因是本来要献给太阳神的祭品被抢走了，部分原因是他意识到看不见的敌人对自己存在着潜在的威胁。这个敌人一直尾随着他们，并且在他毫无察觉的时候，把他们的人一个个干掉——而自己却毫无防范。

"这是来自太阳神的愤怒！"他大喊，"距离神庙还有多远，贝尔克？"

"我们马上就到了。"向导回答道。

"好的，"盖伦姆咆哮着，"我们必须为太阳神提供一个祭品，只有这样才能平息他的怒火。"他的眼睛停留在迪克身上。

格蕾琴听到了，明白了他的意思。她悲伤地转向自己的伙伴。

"迪克,你必须马上逃走,已经没有时间了。只要我们到达神庙,你就要没命了。"她啜泣着。

一支箭悄无声息地射进了盖伦姆的大腿,他发出一声充满痛苦和愤怒的叫喊。箭插在肉里,他身体扭曲,眼睛寻找着箭射来的方向。

出乎意料的是,他瞥见了山脊高处的多克。男孩站了起来,完全现身在他们面前。

"不要放弃希望,迪克。"他大喊,"今晚等我。天黑之后我会找到办法把你和格蕾琴带走的,准备着吧。"

"不能太晚了,多克。"格蕾琴喊道,"如果不能马上得救的话,迪克就危在旦夕了。"

"我会尽我所能的。"多克说。没有多说一句话,多克立刻搭好另一支箭。箭迅速地射向欧帕人的方向,另一个祭司被刺穿了喉咙,应声倒地。

盖伦姆发出野兽一般的嚎叫,命令他的六个追随者采取行动。"不要让那个男孩占据上风!去追他。"他大喊,"如果可能的话,把他活着带回来。但是不论死活,一定要带他回来。"

看到六个人敏捷地爬上陡峭的峡谷边缘,多克立刻搭好另一支箭。他们之间的距离非常近,极易射中目标。不过多克突然有了一个灵感,四周都是一些形状大小不一的岩石,他发现了一个可以毁灭敌人的办法——既可以达成目标,又可以保存为数不多的箭。

躲在一块大小适中的圆石后,他用自己的肩膀推动石头,然后沿着山脊直接向六个欧帕人滚去,那些人正在往上爬。还没等圆石撞到他们,多克立刻抓起一些小石头向他的敌人猛掷过去。

祭司们尝试躲开正在滚下来的石头,但是圆石来势汹汹,速度飞快,根本来不及躲藏。圆石击中了一个人的胸膛,那人向后倒去,被石头压身而过。圆石继续向峡谷的底部飞速滚下去。被击中的那人摇摇晃晃、踉踉跄跄,最后一动不动地倒下了。

"干得好,多克!"迪克大喊,"再给他们来一些石头。"

剩下的五个祭司犹豫着,用自己的木棒和前臂遮挡住多克掷向他们的小石头。

他们打算退回来,开始缓慢地往下爬。这时,盖伦姆大声咆哮起来。

"快去!快去!"他大喊,"如果没有把他抓回来,你就是第一个献给太阳神的祭品。你们要么服从大祭司,要么去死。"

五个人知道盖伦姆的命令绝不是随口的恐吓,面对着多克的密集火力,他们不得不继续往上爬。多克意识到最终他们中的某个人肯定会爬到山顶上,自己就会被捕获。

他又射出了一支箭,在没有看到是否成功之前就逃跑了。另一个祭司摇晃着向峡谷底部滚去。多克快速跳下山脊,藏身于丛林之中。他知道在大树的树枝上,逃脱追捕者的希望会更大一些。

四个祭司尾随着多克,直到森林的树叶遮挡住了多克的身影。他们停了下来,嘟嘟囔囔地抱怨着。

"如果我们到丛林里追赶他,他会用箭把我们杀死。"一个祭司说。

"如果回到盖伦姆那里,我们就会成为太阳神的祭品。"另一个说。

"我们有四个人,为什么会让盖伦姆把我们当成祭品?是谁让他成为大祭司的?在欧帕的时候,他和我们都是小祭司。我们回去告诉盖伦姆,那个家伙逃跑了。在他把我们变成祭品之前,我们先杀了他。"第三个祭司说道。

战胜恐惧 | 145

"好的,"第四个说,"盖伦姆是我们的大祭司,如果不这样做,他就会杀了我们。"

他们达成一致,转身回到了峡谷。多克如释重负,看着他们远去。

当他们消失在自己的视线之外后,多克下到地面,紧紧尾随着他们。沿着峡谷底部跟踪他们的时候,多克希望可以捡回一些之前射出的箭,这是无比珍贵的。他希望沿着峡谷的右边行走,因为他发现对面山脊的最高峰更适合他完成自己的目标。这些山脊比较险峻,山峰仿佛从底部直立而起,非常陡峭。对于太阳崇拜者而言,爬山脊来追多克是异常艰难的。因此对多克而言,这样就有了更好的机会来袭击他们,同时还可以保证自身的安全。

当四个追赶多克的祭司消失在山谷顶峰后,盖伦姆让他的队伍沿着陡峭的山谷继续前进。

"你打算试着逃走吗,迪克?"格蕾琴问。

男孩摇了摇头。

"为了我,请逃走吧。"她催促着。

"不,我不会的。"他坚持着,"首先现在没有机会逃走,其次如果有机会的话,我们要一起逃走。"

格蕾琴悲伤地摇着头。"我永远也不会原谅自己的。"她说。

"这不是你的错,格蕾琴。无论发生什么事情,我们都没有责任。我们已经尽力了。如果多克没有被抓住的话,他应该可以救我们两个。"

"我担心多克也会被抓住。这些家伙爬树像猴子一样灵活,没有人能够逃脱。"格蕾琴说。

"多克会让他们刮目相看的。"迪克自豪地说。

峡谷越来越狭窄,仅容一人侧身通过。此时人们需要沿着陡峭的岩石，往上爬二十五英尺。他们的脚底下是一块被流水磨平的石灰岩，岩石的一边飞溅着随瀑布而下的水滴。

岩石光滑潮湿，很难站稳或用手抓住。迪克爬在格蕾琴的后面，尽可能帮她保持平衡。

他们最后到达了安全的顶部，站定以后，众人发现自己处在一个粗糙的椭圆形出口处——这是一个天然形成的，被岩石包围的竞技场。

盖伦姆缓慢地转向迪克，眼睛里流露出狂热的火苗。他抬头看着太阳，伸出了自己的胳膊。

"在这里，我们伟大全能的神啊，"他大喊，"我们将为您建造一座新的神庙和新的城市。我们将供奉这片土地供您使用。请给我们一些耐心，伟大的神。您已经等待太久了，现在时间到了——您无须再等待了！"

他很快地转向那些跪在他身后的小祭司们。

"快点，"他说，"去弄点石头来，搭起一个祭坛。"

格蕾琴抓住迪克的胳膊，开始小声地啜泣。

Chapter 12

祭坛之上

多克沿着峡谷的底部小心翼翼地行走，注视和倾听着前面的一举一动，唯恐遭到对方的埋伏。因此他丝毫没有留意到潜伏在自己身后的危险，他没有听到，也没有看到在他的身后，有一个东西正在鬼鬼祟祟地跟着他。

格蕾琴的恐惧感越来越强烈。祭司们正匆忙地把石头堆积在一起，一座祭坛即将建成。

圆形竞技场的四周有很多平滑的石灰岩碎片。这些祭司正在建造一个东西走向，大概三英尺高、四到五英尺长、四英尺宽的椭圆形建筑。

在建造祭坛的过程中，两个祭司站在迪克的两边。祭坛建好后，盖伦姆让他们把迪克带过来，同时也要求女孩靠过来。小祭司们绕着祭坛围成一个圈，盖伦姆则站在祭坛脚下。

"卡拉，准备就位，站到祭坛最前面。"他对女孩说。

当女孩按照他的意思站好之后,盖伦姆对抓住迪克的两个祭司点了点头。于是他们把迪克抬起来,让他平躺在祭坛上,头朝向卡拉所站立的东方。

然后,一个祭司站在迪克脚旁边按住他;另一个祭司靠近卡拉站着,按住迪克的胳膊。盖伦姆立即命令这个人把刀子递给卡拉。

"这是你第一次贡献祭品。"盖伦姆对女孩说,"女祭司只有在完成第一次献祭后,才能拥有全部的权力。当这把刀品尝了祭品的鲜血后,你才会成为太阳神名副其实的女祭司,也会成为这座神庙和我们建造的城市的统治者。我会重复祈祷,稍后你来学习祷词。一旦我将手举过头顶,你就必须动手。"

"我做不到。"女孩说。

"你做不到?"盖伦姆尖叫着,"当你知道拒绝为太阳神提供祭品的女祭司的命运时,你就能做到了。这比你试图挽救的这个人的死亡更加可怕。对你而言,这就是无谓的挣扎,如果你拒绝,你们两个都要死。"

"他在说什么?"迪克低声问。

"他想让我用这把刀子杀死你。"格蕾琴说。

迪克闭上了自己的眼睛。"他还说了什么?"他问。

"他说如果我不杀死你,他们会把我们都杀死。"

盖伦姆开始缓慢地唱起一首冗长单调的祈祷词。

祭司们都跪下,前额靠在地上。

"按他说的做吧。"迪克说,"多克正在冒着生命危险来营救我们。如果我们都死掉了,那么一切都是徒劳的。我是没有任何机会了。我情愿牺牲自己的生命换取你的安全,而不是仅仅为了满足他们对鲜血的欲望白白死去。"

格蕾琴闭上了眼睛,将刀子高高举过自己的头顶。

多克十分谨慎地爬上山,看到了乌鲁普的尸体。他停了下来,从尸体上拔出了自己的箭。在这个过程中,他开始意识到——有时候我们也会有这种感觉:有人在注视着他。一双看不到的眼睛正在盯着他。

沿着四个太阳崇拜者逃跑的方向,他快速地扫视过去,没有发现任何人。然后他转过身去,这种恐惧感越来越清晰——在他的背后,有什么东西紧紧跟着他。

男孩十分艰难地发出了一声惊恐万分的尖叫。他的膝盖绵软无力,好不容易才勉强保持站立。恐惧似乎控制了身上的每一块肌肉,他浑身麻痹。他感觉到自己起了一身鸡皮疙瘩,一阵无法控制的战栗从脊椎升起,毛发似乎也已经根根倒立了。

在离他不足五英尺的地方,赫然矗立着一头雄狮。它那滚圆的黄色眼睛直勾勾地看着多克。

多克绞尽脑汁,想念出一段祷告词,结果最后能想到的仅仅是一句:"现在我要躺下休息了。"这句他也只能想一下而已,因为他已经舌头僵硬、嗓子冒烟了。

狮子站在那里目不转睛地盯着他,虽然只有短短片刻,但对多克而言,时间似乎已经停止了。然后狮子慢慢地向他走来,即使如此,多克仍然无法打破恐惧的魔咒,待在原地动弹不得。可怕的食肉动物越来越近,多克裸露的身体甚至感受到狮子那滚烫的呼吸。

狮子把头在多克身上蹭了几下,然后用滚烫粗糙的舌头舔了舔他的手。

如同一个标题闪现在屏幕上,一个句子突然清晰地出现在多克的记忆中:"除非它靠近你,用它的头来蹭你,否则不要抚摸它。"

它是杰达·保·贾!

多克的膝盖完全瘫软下来，一下子坐到了坚硬的地面上。金狮充满疑惑地看着他。多克把手放到狮子的鬃毛里，把脸埋在它硕大的黑脖颈上，低声啜泣起来。

被紧张过度的反应支配片刻之后，他马上控制住自己，跳了起来，不远处的迪克和格蕾琴正性命攸关。女孩曾经告诉过他，如果要营救迪克，必须马上行动，或许现在已经为时晚矣。

"快点，杰达·保·贾！"他高呼一声，转身向峡谷奔去。

金狮知道自己的方向是正确的，没有等待男孩，而是向前跳跃过去。

盖伦姆正在颂唱那单调乏味的祈祷词，已经接近尾声了。

卡拉看着他，蓝色的眼睛因为恐惧睁得大大的。

突然，盖伦姆停止了单调的颂唱，将手举过头顶。

"动手！"他大喊。

"我做不到。"卡拉痛哭。

"动手，不然你就得死！"盖伦姆大发雷霆。

"动手吧，这是唯一的办法。"迪克低语道。

突然，一个祭司发出惊声的尖叫，指向某处。其他人跟着望过去，发现一头硕大的狮子正沿着一块狭窄的平台——圆形竞技场的入口处飞速奔来。

顷刻之间，一片大乱。

只有盖伦姆牢记着使命。"动手！平息太阳神的愤怒。"他大喊大叫。

刀子从女孩的手中缓缓滑落，她昏倒在祭坛旁边。狮子向前扑过来，除了狂热的盖伦姆，其他祭司四散而逃。盖伦姆把自己的刀从刀鞘里拔出来向前跳去，将刀高高举过自己的头顶，刀尖则瞄准躺在祭坛上的迪克的心脏。

祭坛之上 | 151

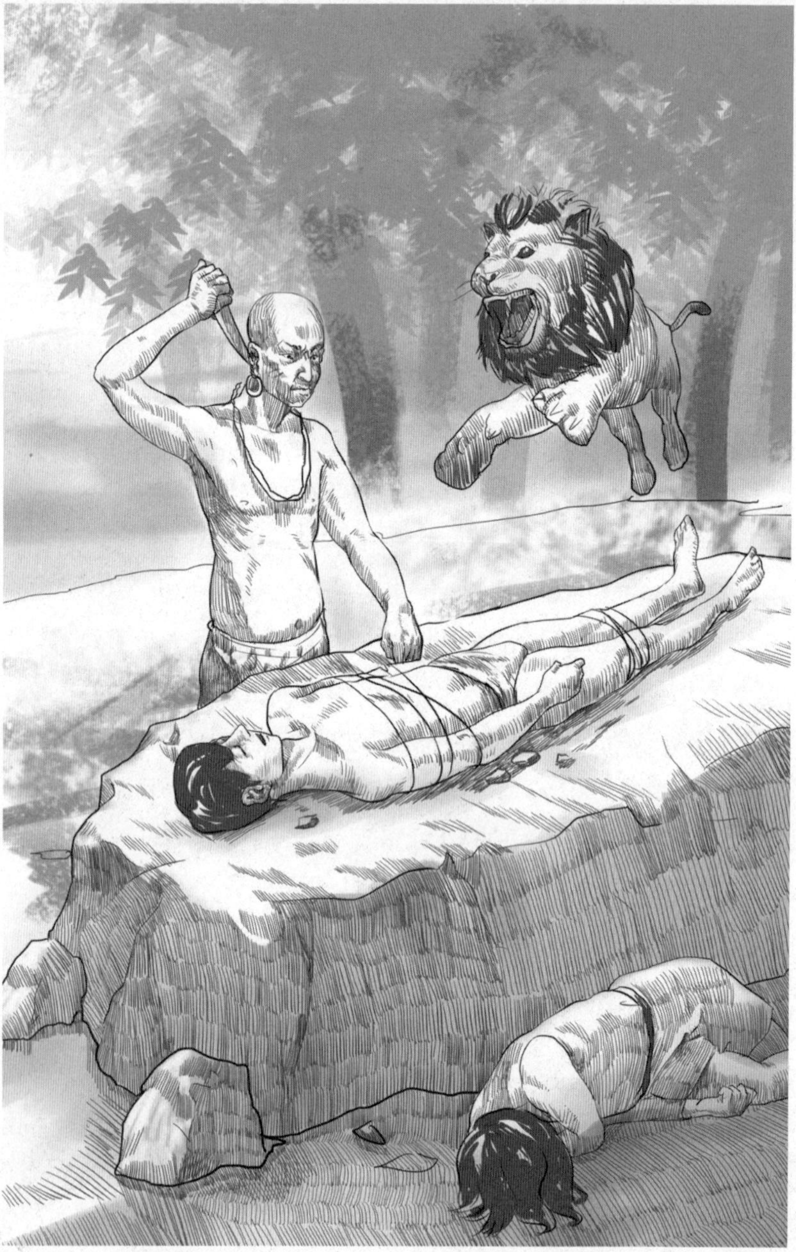

伴随着有力的弹跳,杰达·保·贾扫清了祭坛和祭品,把盖伦姆压在地上。眨眼之间,狮子的血盆大口靠近了大祭司的脸。杰达·保·贾站在自己的猎物上,看着盖伦姆。

与此同时,从竞技场周围的石崖高处传来一个声音。狮子朝着声音的方向看去,然后蹲在了盖伦姆的尸体旁。

人猿泰山灵活地从石崖上跳到竞技场的底部。小祭司认出了他,拼命逃跑。泰山用欧帕的语言把他们召唤回来,威胁太阳崇拜者如果不遵从命令的话,就让杰达·保·贾去处理他们。祭司们不情愿地回来了,聚集在祭坛的一边——另一边,杰达·保·贾站在他们死去头领的旁边。

听到泰山的声音,迪克睁开眼睛,坐了起来。一瞬间,他就明白发生了什么事情,知道自己得救了。在他一生当中,没有比看到雄狮站在祭坛脚下,而半裸的泰山快速穿过圆形竞技场朝自己走来的画面更开心的事情了。

这一切都尽收在泰山的眼底。"多克在哪里?"他问道。

"我在这里。"一个声音喊道。泰山和迪克望向声音传来的方向,看到多克从竞技场石槛爬上来。

"天哪,我们都得救了,是吧?"他大喊。

"多克,我担心你已经落入那些追你的人手里。"迪克喜极而泣。

"他们没有抓到我。"多克说,"自从摆脱那些人以后,杰达·保·贾和我就从后面追赶他们。你真应该看看那些人攀爬峡谷岩石的样子,他们爬得可够快的,你可以在他们的燕尾服上下跳棋了,如果他们有燕尾服的话。"

泰山停下来,扶起了格蕾琴。她睁开眼睛,抬头看着他的脸。

"你是谁?"她哭了起来。

"不要害怕,我是人猿泰山。"他说。

伴随一声叹息,她闭上了眼睛,开始轻声哭泣起来——流下了充满安慰和开心的眼泪。

泰山转向太阳崇拜者说:"这是泰山的领地,你们不可以待在此地。如果想要活命的话,就回到欧帕。"

"如果我们回到欧帕,拉会杀了我们的。"一个祭司阴沉地说。

"如果你们不按照我说的返回欧帕,肯定会被杀死。但是如果你们回去,同意效忠于拉,我相信她会让你们活下去的。你们选哪一个?"泰山说。

祭司们小声嘀咕了一会儿。"我们会回到欧帕。"他们中的一人最后说。

Chapter 13

尾声

一个憔悴的白人在篝火前焦虑不安地走来走去。当同伴们进入梦乡后,两个黑人负责照料篝火。白人来来回回、前前后后,仿佛走了几个小时,突然停了下来。篝火旁边的黑人抓起了他们的步枪,迅速站了起来。三人站在原地,侧耳倾听。

"有什么东西来了。"一个黑人低声说。

"是的,我听到了。"白人回答。

"有可能是泰山先生。"另一个黑人猜测道。

"我们最好把其他人叫醒。"白人说。不一会儿,全部人都被唤醒了,每个人都带着步枪、长矛或者箭,随时准备着,等待着丛林小路上出现的一切可能情形。

没过多久,一队人就出现在了空地边缘。冯·哈本喜极而泣,跑上前去,紧紧搂住了他的小女儿。

"哦,我该怎么报答你们呢?我该怎么感谢你们呢?勇敢的孩子们。"当冯·哈本听完了格蕾琴讲述的整个营救故事后,感激地说。

"不要感谢我们,"迪克说,"要感谢杰达·保·贾——金色狮子。毕竟是它真正救了格蕾琴。"